Andreas Heßelmann

Keine Ausrede

Der sechste Mallorca-Krimi

Bibliografische Information der
Deutschen Nationalbibliothek:
Die Deutsche Nationalbibliothek verzeichnet diese
Publikation in der Deutschen Nationalbibliografie;
detaillierte bibliografische Daten sind im Internet über
http://dnb.dnb.de abrufbar.

Herstellung und Verlag:
BoD – Books on Demand, Norderstedt

ISBN: 978-3-7407-8584-0

Lektorat und Korrektorat: Brigitte Bausch
Coverfoto: AdobeStock/329184218/Dmitrii
Autorenbild Seite 187: Rainer Simon

Cada oveja con su pareja.
Gleich und Gleich gesellt sich gern.

Prolog, 28. September, 19 Uhr 25

Erst als sie durch die Tür gegangen war, stand er auf. Schaute dabei durch die halbrunde Scheibe des Wartebereichs auf das Rollfeld und von dort nach rechts auf das Seitenleitwerk der Maschine mit dem blau-roten Bogen der Airline. Langsam nahm er die Sonnenbrille ab und klappte sie zusammen, dann zupfte er die Mütze vom Kopf, rollte sie zusammen und schob beides in die Innentasche seiner Jacke. Anschließend ging er zu dem kleinen Schalter vor dem Gate. Bevor er die Frau hinter der Theke erreichte, zog er seine Dienstmarke raus. Bei ihr stehend wechselte er ein paar Worte mit ihr. Sie sah ihn verblüfft an, schien sich zu besinnen und wies zur Tür. Miguel bedankte sich mit einem Lächeln und ging an ihr vorbei. Elena war noch auf der Rampe auf dem Weg nach unten. Sie überholend blieb er vor ihr stehen. Wortlos versuchte sie an ihm vorbeizugehen. Doch er breitete die Arme aus, nahm ihr den Koffer aus den Händen, stellte ihn hinter sich und nahm dann auch ihre riesige Sonnenbrille ab. Das Gesicht war tränenüberströmt und ihr Körper begann zu zittern.

„Du kannst nicht immer wegrennen. Damit lässt du nichts hinter dir. Und ankommen tust du nirgendwo. – Von allem, was du behauptest, wird nichts auf dich zurückfallen. Die Sanz hat dich nicht erwähnt und nicht beschuldigt. Niemand hat es getan oder wird es je tun. – Gib mir deine Bordkarte. – Wir fahren jetzt nach Hause. – Verdammt noch mal, ich brauche dich!"
Inzwischen war das Zittern ein Beben geworden und er hielt sie fest. Als würde sie versinken wollen, glitt sie in seinen Händen nach unten und hockte vor ihm auf dem Boden. Nichts anderes als ein Häufchen Elend in einem gelben, sommerlichen Kleid mit schwarzen Punkten.

Miguel setzte sich neben sie und sah entschuldigend die Leute an, die an ihnen vorbeimussten und sich dabei absichtlich umständlich benahmen, um möglichst viel mitzubekommen. Vielleicht dachten sie an ein Drama in der Familie oder Ehe. Argwöhnisch beobachteten sie das Geschehen. *Der Typ war sicher ihr Mann und dabei, ihr eine Szene zu machen.* Ein paar von ihnen verfolgte er mit vorwurfsvollem Blick. Dabei fiel dieser auf ihren Koffer. Die Bordkarte klemmte unter dem Gurt, er zupfte sie raus und steckte sie in seine Hemdtasche.

Nachdem ein, zwei Minuten niemand mehr an ihnen vorbeilief, stand er auf und griff unter ihre Arme, um ihr aufzuhelfen. Umständlich wie ein Kind, das dafür viel zu müde war, kam sie wieder hoch. Ihre weinenden Augen geschlossen. Er strich ihr die Haare aus dem Gesicht und küsste sie, dann nahm er sie in den Arm und presste sie an sich. Auch ihm rann eine Träne über die Wange. Er hakte sie unter, schob sie und den Koffer wieder die Rampe hoch. Sie trippelte neben ihm, als hätte sie die falschen High Heels an oder sei tatsächlich nur ein kleines unwilliges Kind. Oben an der Tür gab er der Dame vom Bodenpersonal die Bordkarte und bat:

„Bitte stornieren Sie das Boarding von ihr. Weiteres Gepäck gibt es nicht."

Zwanzig wortlose Minuten später stellte er ihren kleinen Trolley in den Kofferraum und sie hockte sich fast unwillig in den Wagen. Kramte dann in ihrer Tasche herum, zog Taschentücher heraus und putzte sich geräuschvoll die Nase. Anschließend zerknüllte sie jedes Papiertaschentuch zwischen ihren Fingern und faltete sie wieder auseinander, um sie gleich darauf wieder zusammenzufalten und in ihrer Faust nacheinander zusammenzupressen. Ihre Augen verfolgten ihn durch die Schlieren, sahen ihn dennoch nicht an.

Auch sie hatte bis zu diesem Zeitpunkt keinen Ton gesagt. Das gelbe Kleid mit den schwarzen Punkten wollte nicht zu dem Bild passen, das sie so zusammengesunken auf ihrem Sitz bot. Erst als Miguel sich neben sie setzte, holte sie tief Luft. Er drehte sich zu ihr, doch sie hielt die Luft an, um sie dann genauso geräuschvoll wie beim Naseputzen zwischen zusammengepressten Lippen wieder rauszulassen. Die Taschentücher fielen nun in die Tasche und sie kämmte sich mit den Fingern durch die Haare. Dann klappte sie die Sonnenblende herunter und betrachtete ihr Gesicht im kleinen Spiegel. Ihr Kopf ging hin und her. Plötzlich kam ein:

„*¡Puta mierda!* – Ich seh' ja total scheiße aus."

Miguel konnte nicht anders und musste lachen. Beugte sich zu ihr hinüber und gab ihr einen Kuss auf die Wange.

„Quatsch!", meinte er, „so schön wie immer!"

„Mich hat noch nie jemand von einem Flughafen abgeholt", grummelte sie leise und zog dabei unfein die Nase hoch, „überhaupt, mich hat noch nie jemand abgeholt, um mich ... nach Hause zu bringen. Zu mir hat noch nie jemand gesagt: Wir fahren jetzt nach Hause. – Und gebraucht hat mich auch noch keiner."

Elena sah zur Seite hinaus, aber der Vorplatz bot nichts, was von dem Chaos im Kopf ablenken konnte. Nur der Typ von der Security glotzte die ganze Zeit herüber und wunderte sich wohl über die Aktion. Elena schüttelte den Kopf über den dämlichen Blick des Kerls.

„Man hat mich meist befummelt und beschlafen. Okay, ich habe es zu oft auch zugelassen und provoziert. Und dann kommst du und holst mich – nach Hause. Hast du gesehen, wie ich lebe? Eine leere Wohnung! Bewacht von der alten und irren Perea auf der anderen Straßenseite. – Ja, das hast du gesehen. Aber dich stört es ja auch nicht, dass so eine wie ich dein Leben belagert und durcheinanderbringt, kaputtmacht und dich von vorne bis hinten belügt und unein... ach scheiße!"

Elena brach ab. Miguel atmete leise durch und streichelte über ihre Wange.

„... und dich braucht – hast du vergessen!"

„Was bist du nur für ein Dummkopf?!", zischte sie. Er ließ sich mit hochgezogenen Augenbrauen in den Sitz zurückfallen und startete den Motor. Verfolgt von ihren Augen, die ihm signalisierten, nun bloß schnell loszufahren, weil sie ansonsten wieder aussteigen würde. Vielleicht, um den Flieger noch zu erreichen. Fast hatte sie schon eine Hand am Türöffner. Doch Kraft und Wille reichten nicht, stattdessen wollte sie ihm von dem Chaos in ihrem Kopf erzählen:

„Als ich fast fünf war", begann sie genauso leise und nahezu tonlos wie gerade eben, „starb mein richtiger Vater ..."

„... ich dachte immer ...", unterbrach Miguel sie und Elena hob mit einem Knurren eine Hand, was ihm deutlich machte, still zu sein. Sie sah wieder zur Seite hinaus, wischte sich über die Augen und fuhr fort:

„... ihn habe ich geliebt. Über alle Maßen. Ich kann mich nicht an viel erinnern. Aber eines vergesse ich nie: Wenn ich Trost suchte, bin ich nicht zu meiner Mutter gelaufen, sondern zu ihm. Er hat mir dann Geschichten erzählt, mir, wie du vorhin, die Haare aus dem Gesicht gestrichen und Mut gemacht. Am besten waren seine Geschichten. Deshalb bin ich manchmal mit Absicht auf der Straße gestolpert, nur, um zu ihm zu dürfen und die nächste Geschichte zu hören. Meine Mutter hat immer versucht, mich davon abzuhalten. Stellte sich mir in den Weg und meinte jedes Mal: *Papa muss arbeiten! Lass ihn in Ruhe! Und hör auf zu flennen!* Irgendwann begann ich sie deshalb zu hassen. Und ich hab' es ihm erzählt. Ich weiß nicht mehr wie, mit welchen Worten. Ich weiß nur, Papa nahm mich in die Arme, setzte mich auf seinen Schoß und erzählte die nächste Geschichte. Monate später kam ich nach Hause, heulend, weil ich wieder hingefallen war, und meine Mutter stand an der Tür und wartete. Mit dem gleichen harten Gesicht wie immer. Nur dass ihr dieses Mal eine Träne runterlief. Wohlgemerkt, eine! Verstehst du? – Ich wollte an ihr vorbei. Aber diese dumme Schnepfe hielt mich auf und ich tobte und trat sie, ich wollte zu meinem Papa, ich wollte eine Geschichte hören, ich wollte von ihm getröstet werden."

Elena unterbrach und hob wieder ihre Hand. Sie war noch nicht fertig. Miguel nickte und setzte den Blinker. Gerade bog er von der Autobahn auf die *Vía Cintura* ab. Vor ihnen war die Sonne vor wenigen Minuten mit einer großen Gebärde hinter Palma und den Bergen untergegangen. Für einen kurzen Moment loderten deshalb die wenigen Wolken über diesem Schauspiel von unten blutrot auf, bevor sie graugeworden weiterzogen. Miguel wollte sich über dieses Zeichen keine Gedanken machen und machte sie sich doch. Ohne den Blick durch die Seitenscheibe zu unterbrechen, atmete Elena tief durch und wrang ihre Hände. Nach ein paar Sekunden fuhr sie fort:

„Zwei Stunden zuvor war er bei einem Autounfall ums Leben gekommen. An diesem Tag endete die eine Welt für mich. Sie explodierte förmlich. Ich stand vor unserem Haus und ich wusste, ich wollte dort nie wieder hinein. Und musste es doch. Von da an gab es nur noch einen Weg. Durch den Flur zur Treppe, diese hinauf und dann in mein Zimmer. Wenn es nicht anders ging, von dort ins Bad oder ins Esszimmer. Das Wohnzimmer hab' ich wochenlang nicht betreten. Ich blieb davor stehen. Auch als meine Mutter nur fünf Monate später meinen neuen Vater mit ins Haus brachte. Es gab nicht einen Tag, an dem dieser Mann sich zu mir hinuntergebeugt hätte und wenigstens so tat, als würde er sich Mühe machen, meinen Papa zu ersetzen. Nein, er übernahm nur großspurig dessen Institut und als ich dreizehn oder vierzehn war, zuerst meine Schenkel und später mehr. – Meine Mutter nannte mich eine gottverdammte Lügnerin und schlug mir ins Gesicht. – Mit jedem Monat, den ich älter wurde, wollte ich nur noch eines: Raus aus dem Haus und glaubte all den Versprechungen, die mir gemacht wurden. Alle waren sie gelogen. Also stürzte ich mich ins Lernen und machte einen guten, ja sogar sehr guten Abschluss. Als ich ihn hatte, war ich aber kein bisschen schlauer geworden und tat das, was ich dir schon erzählt hatte. Statt Musikerin zu werden, studierte ich dumme Gans Medizin. Statt das Haus nie wieder zu betreten, ließ ich drei Jahre mein Studium ruhen, um in dem Labor dieses ... Vaters zu arbeiten. Statt unabhängig zu werden, gingen er und sein Stellvertreter, dieser Romeo Vasquez, über mich. Und ich ließ es wieder zu. Nur um meine Ruhe zu haben und zu gefallen. – Damit es weniger wehtat. – Deshalb hatte ich dir erzählt, dass ich mir andauernd sagte, dass er ja nicht mein richtiger Vater war, um diese Scham auszublenden. So war er nur ein Arsch von Mann, der auch meine Mutter bumste. Und deshalb tat ich es oft freiwillig, nur, um sie damit auch zu bestrafen. Ich wusste, dass sie es herausbekommen hatte. – Am Ende waren gar nicht er, sondern dieser Vasquez und seine abartige Art der Grund, dass ich dort rauskommen wollte. Dieses Angebot, in den USA weiterzustudieren, hat mich dann gerettet. Wie paralysiert bin ich dorthin. Ich hatte nicht mal mitbekommen, wie man mir alle Unterlagen besorgt hatte, um in die USA zu kommen. Ein halbes Jahr lang war ich dann auf der Suche nach etwas, was ich Leben hätte nennen können. Und traf doch nur auf den nächsten Grapscher. So eine wie ich ist selbst in diesem, ach so freien Land bei vielen nur eine Latina, die einen schönen Hintern hat und der man deshalb nicht nur hinterherläuft, sondern sie auch flachlegen will, mit oft perversen Vorstellungen. Dabei gefesselt zu werden, gehört noch zu den fantasielosen Dingen. Aber mit diesen in Freundeskreisen anzugeben, ist schon fast ein Volkssport. Trotzdem habe ich immer wieder nachgegeben. Oft genug, weil ich betrunken war oder weil ich wieder nur meine Ruhe haben wollte. Ich dachte, dann hätte ich es hinter mir. Nur um danach festzustellen, dass es zu viele Frauen gibt, die sich einem solchen Schicksal viel zu ergeben fügen. – Du könntest mich jetzt fragen, warum ich nichts gesagt habe. Warum bin ich nicht zur Polizei? Warum hab' ich die Idioten nicht angezeigt? Ich hab's mir überlegt und hab' mit einer Kommilitonin darüber gesprochen, mit der einzigen, zu der ich damals Vertrauen hatte, weil ich dachte, in diesem Fall könnte sie mir helfen, einen Tipp geben. Sie meinte nur, solche Männer, in so einer Situation, ziehen dich vor Gericht ein zweites Mal aus. Beschreiben haarklein, wie du mitgemacht hast. Sie nutzen alle Möglichkeiten, sich reinzuwaschen und dich in den Schmutz zu ziehen und als Schuldige zu benennen. Sie hätte es nicht anders erlebt. – Das macht dich still und trotzdem bleibst du immer auf dieser Spur. Im Grunde genommen bin ich nichts anderes als ein Flittchen und habe mit mehr Männern geschlafen, als ich dir erzählt habe. Ein studiertes dummes Flittchen. Eines, das nicht nur von diesem ... Stiefvater, der nie mein Papa wurde, sondern von – ich habe nicht mitgezählt – vielen anderen benutzt wurde. Ihm habe ich sogar noch geholfen Viren zu manipulieren."

Kurz sah sie zu Miguel. Er stierte auf die Straße vor sich. Seinen Blick konnte sie nicht einschätzen. Sicher würde er bedauern, sie abgeholt zu haben, und sie wieder zum Flughafen fahren. Was spielte das jetzt noch für eine Rolle? Also durfte er auch noch einen Teil des Rests erfahren. Mit einem weiteren Knurren fuhr sie fort:

„Und – viel schlimmer – die Sanz kannte alle Ergebnisse meiner Gain-of-Function-Experimente. Das sind Informationen über provozierte Gen-Mutationen, die bei Viren zustande kommen, um ihre Funktion zu verändern. Diese Gene werden dann aktiver und erhalten dadurch eine neue Funktion. Eine Spielwiese für die Forschung. Vermutlich wusste die Sanz schon am ersten Tag, was sie damit anstellen könnte. Vermutlich erging es ihr vom ersten Tag nach den Übergriffen nicht anders als mir und sie wusste nur nicht, welche Rolle ich spielte. Ohne darüber zu reden, machten wir Witze, wen wir damit anstecken und ihn dadurch ein Leben lang auf das Klo verbannen wollten. Jedes Mal sah sie mich nahezu forschend an. Vielleicht ahnte sie was und lud mich deswegen nach Buenos Aires ein, um es herauszufinden, um meine Rolle zu erfahren, und hat sich dann doch nicht getraut. Wir haben nicht einmal im Ansatz darüber gesprochen. Außer dass sie dort ganz anders war als in Madrid, ist mir nichts an ihr aufgefallen. Auch da war ich also eine dumme Gans. – Du hast deinen Schatten immer dabei. Es gibt kein Geschäft, in dem du dir einen neuen kaufen kannst. Ein Psychiater – wenn du denn zu einem gehst – hat vielleicht die Chance, ihn schwächer werden zu lassen oder deinen Blick auf ihn zu verändern. Aber stattdessen bin ich wieder zurückgekommen und fast in Madrid gelandet. Meine Mutter hatte es mit ihren dauernden Telefonaten beinahe geschafft, hätte mein Professor nicht eine gute Nase gehabt und mich hierher nach Palma geschickt. – Ich hatte dir es schon einmal gesagt, ich verliebe mich immer zu schnell. Vielleicht ist es wie eine Flucht. Eine falsche Hoffnung. Deshalb gibt es die Geschichte mit Ruiz Castedo. Und bei dir war es nicht anders. – Anfangs. – Aber du bist der Erste, der zu mir sagt: *Wir gehen jetzt nach Hause.* Der Erste nach meinem Papa, der mir unter die Arme greift und mich aufhebt. Der Erste, der gesagt hat, ich würde ihn zulassen. Du bist der Erste, der keine Versprechungen macht, sondern mir zuhört und bei mir bleibt. Alle anderen haben mich benutzt, befummelt und mir Befehle erteilt."

Elena sah ihn an. Längst hatte er wieder wie vor Wochen an der Seite der Straße angehalten. Mitten in der Ausfahrt. Der Motor war ausgeschaltet. Nur war er dieses Mal nicht ausgestiegen, sondern schaute mit den Fingern um das Lenkrad gepresst weiterhin zur Frontscheibe hinaus. Die Sonne war verschwunden.

„Ich habe die Wohnung nicht mehr. Der Vermieter behält die paar Möbel und den Fernseher. Ich hab' ihm 500 gegeben, damit ich gehen konnte. Er hat sie genommen und schon den nächsten Mieter an der Hand. Ich kann jetzt tatsächlich nur noch zu dir oder morgen den nächsten Flieger nehmen. Denn jetzt weißt du über mich Bescheid. Über mich als Liebhaberin des Mannes meiner Mutter und meine unrühmliche Rolle bei dem Norovirus. Ich bin eine Mitwisserin. Irgendwie."

Die Sekunden verstrichen ungezählt. Seine Finger, die währenddessen die ganze Zeit an seiner Nase vorbeistrichen, dann seinen Mund umrundeten und über das Kinn fuhren, und die stille Mimik seines Gesichts sprachen für sie Bände. Sie legte wie ein schuldbewusstes Kind die Hände in den Schoß und zum ersten Mal, seit sie im Auto saß, begann sie wieder zu weinen. Mit schluchzenden Seufzern meinte sie:

„Wenn, dann liebst du also eine Sechzehnjährige. Eine albern pubertierende *moza*. Schau mich doch an. Alles an mir ist nicht erwachsen. Weder Körper noch Hirn. Und mein Benehmen ist weit von Reife entfernt. Vielleicht gehöre ich auch in die Psychiatrie. – Was kannst und willst du mit so einer machen? Womöglich über Jahre. Pass auf, dass ich dich nicht mit meiner Scheiße infiziere." Es klang wie ein leises Lächeln, aber mutlos.

„Deine Rolle bei dem Virus war die einer Wissenschaftlerin und nicht die einer Frau, die einen Anschlag plante. Nicht nur die Sanz wird die Details deiner Forschung gekannt haben. Da sind ja noch mehr in diesem Institut. Wie sonst wären all die Experimente möglich. Das ist doch keine geheime Fabrik. Denk an Vasquez! Denk an deinen ... Stiefvater! Die könnten genauso verdächtigt werden. Das ist aber, wenn, Aufgabe der Kollegen, es herauszufinden. Mir reicht, dass die Zeitungen etwas anderes berichten. Das ist der Fakt, der mich an diesem Fall interessiert. Alles andere spielt für uns beide keine Rolle."

Jetzt schaute er zu ihr und ließ die Hände sinken. In seinem Blick war tatsächlich nicht der Hauch eines Vorwurfs oder gar Zorns. Er beugte sich zu ihr hinüber und nahm ihren Kopf zwischen die Hände, küsste sie und meinte:

„Wir fahren jetzt dahin, wo alles mit uns begonnen hat, und fangen von vorne an. Reset. Okay? – Und dann nach Hause."

Tenemos que empezar de cero.
Wir müssen wieder bei null anfangen.

28. September, 19 Uhr 45

Ihre Tagesverläufe waren seit einer Woche ungewohnt ruhig und nur noch eine Ansammlung von alltäglichen Vorgängen. Aufstehen, anziehen, frühstücken, aufräumen, einkaufen gehen ... Das Geschrei aus dem anderen Zimmer und seine Befehle waren nun endlich verstummt. Die Tage hatten ein unbekanntes Gleichmaß und eine nie gehörte Stille erreicht. Sie hatte das Gefühl, Freiheit erlangt zu haben. Diese sollte nun nicht verspielt werden. Sie musste jetzt nur noch den nächsten und letzten Schritt tun. Ihr Mann konnte endlich nichts mehr von ihr verlangen. Nie mehr! Dies erzeugte ein kurzes Lächeln in ihrem Gesicht und sie schaute durch die offene Tür in das hinfällig gewordene Schlafzimmer. Die Freiheit hier zu bewahren, machte keinen Sinn mehr. Jeder Quadratzentimeter würde sie an die letzten Jahre erinnern, an dieses Geschrei, sein Saufen, seine brutalen Zudringlichkeiten. Und an das, was letzte Woche hatte passieren müssen. Befreien würde das allein nicht. Befreien musste anders geschehen.

Sie öffnete den Schrank und tat die letzten, ohnehin wenigen Kleider und Sachen in den alten Koffer, den schon ihr Großvater hatte, als er von Dorf zu Dorf zog und dort seine Dienste als Schmied anbot. Sein Werkzeug hatte er dann fein säuberlich in Zeitungspapier gewickelt und neben die Wäsche gelegt. Dennoch sah man dem Koffer die jahrzehntelange Aufgabe an. Wie sollte es auch anders sein. Über den Sommer und in Zeiten der Ernte hatte er viel zu tun, nur im Winter war er wie viele nichts anderes als ein Tagelöhner und arbeitete für einen Hungerlohn in einer Köhlerei. Damit konnte man schon lange, auch in seinen Zeiten, im wahrsten Sinne des Wortes, kein Brot mehr verdienen.

Erst ihr Vater ging einer geregelten Arbeit nach und fuhr mit einem Bus tagaus tagein von Palma nach Pollença, Llucmajor oder Port de Sóller. Und ihre Mutter war stolz darauf, eine *gitana*, eine *rakli* gewesen zu sein. Ein Dienstmädchen in gutem Hause. Bis zu ihrem Tod – kurz hintereinander vor über zehn Jahren – waren beide ohne Streit in diesem Haus geblieben und ihre Mutter eine stolze Frau. Genau dieser Stolz war ihr im Lauf der Jahre verloren gegangen. Der Stolz, der sie davor bewahrt hätte, geschlagen zu werden, sich dagegen nicht wehren zu können, nicht nur zu widersprechen, sondern sich auch zu verteidigen. Was für ein Erbe. Was für ein Vorbild. Was für eine vertane Chance. Wenn sie jetzt noch eine hatte, würde sie sich diese nicht nehmen lassen. Es konnte nur eine weitere Lösung geben, sie musste hier raus.

Die Schranktür schlug sie mit einer solchen Wucht zu, dass sie auf den Boden krachte. Den Schrank würde sie ohnehin nicht mehr brauchen. Dann hob sie noch einmal das letzte Kleid hoch und hielt es an ihren Körper. Anthrazitfarben mit kurzen Ärmeln und dem auffallenden Paisleymuster, oben eng anliegend, die Figur betonend und unten weich mit einem langen Schlitz an den Beinen auseinanderfallend. Damals ein Zigeunerkleid, wie ihre Freundinnen meinten. Weiß Gott wie viele Jahre her. Weiß Gott wie viele Jahre alt. Und auch vor weiß Gott wie vielen Jahren das letzte Mal getragen. Damals noch mit ebendiesem Stolz und Selbstbewusstsein. Allein schon deshalb packte sie es nun ein. Als Erinnerung an ihre Mutter, die nie lachte, um irgendetwas abzutun oder einfach wegzulachen. An ihre Stärke und Würde. Als Mahnung an ein besseres Leben. An eines mit Stolz und Selbstbewusstsein. An eines als Frau und nicht Leibeigene, Prellbock und Beischläferin.

Llucia legte es wieder zurück, legte das Kissen obenauf und klappte den Koffer zu, schaute sich um und in
der nächsten Sekunde hatte sie das Haus, diese Bruch-
bude verlassen. Das Schreiben der Bank legte sie auf
den Tisch. Schon lange bekam sie kein Geld mehr von
denen. Sie konnte froh sein, nicht noch dafür zahlen zu
müssen. Im nächsten Jahr stünde hier sicher eine Finca
mit Stromanschluss, einem richtigen Bad natürlich und
im Garten ein Swimmingpool. So war das heutzutage.

28. September, 20 Uhr 05

„Ihr seht aus, als wenn ihr etwas Anständiges zu essen bräuchtet", analysierte Raul und fügte grinsend
hinzu: „Ihr mögt sicher was Scharfes. Das bringt euch
auf Trab und in Stimmung. Also bring ich euch grünes
Curry, schmeckt wirklich gut. Mach ich selbst."
Schon schob er ab, ohne ihre Antwort abzuwarten. Das
Virus hatte einen nahezu ausgestorbenen *Plaza Dras-
sana* erschaffen. Nur auf den Steinbänken unter den
Bäumen saßen ein paar Jugendliche und reichten eine
Flasche herum. Händchenhaltend, nicht wie ein ver-
liebtes Pärchen, sondern wie ein Vater mit seinem Kind,
dass dauernd weglaufen wollte, hatten sie beide kurz
zuvor den *Plaça de la Llotja* gequert. Als Elena, aus welchem Grund auch immer, wieder einmal an ihm zog,
hielt er sie fest und blieb stehen. Umarmte sie und deutete auf das spätgotische Portal der Llotja, der einstigen
Börse, mit dem großen Engel. Er wusste nicht viel über
das Gebäude. Nur das, was Inés oder Kollegen hin und
wieder als schlaue Erklärung für einen aus Madrid wie
ihn fallen ließen, wenn man an diesem vorbeiging.
„Sieht für mich immer wie ein Zuckerschlösschen
aus", meinte Miguel jetzt und lachte, „steht schon seit
fast 600 Jahren hier. Unglaublich, oder?"

Und hat schon so viel mitgemacht. So viel überstanden. Mehr als irgendjemand von uns, hätte er noch hinzufügen können und ließ es ungesagt. Stattdessen drückte er sie nochmal an sich.

„Hmh", machte sie nur und sah eher missmutig hoch in sein Gesicht als interessiert auf das Gebäude mit seinen Türmchen, den in diesem Moment furchterregenden Wasserspeiern und den Spitzbogenfenstern.

„Hmh", machte sie wieder, hob die Achseln und zog ihn weg, „ich hab' Hunger."

Die Elena-Miguel-Packung löste sich auf, sie ließ seine Hände los und wickelte stattdessen die Arme um sich, als würde sie frieren. Mit manchmal zwei Meter Abstand zu ihm ging, nein, stolperte sie weiter und Miguel beobachtete sie und unterdrückte nachzuforschen. Er hoffte, der Abend und die nächsten Tage würden vielleicht noch manches erklären.

Sekunden später betraten sie eine nahezu leere *Bar Coto*. Nur noch ein weiteres Pärchen saß vorne an der Tür. Auch wenn wieder Normalität angekündigt worden war, misstraute nun jeder dem Frieden. Alles schien infiziert zu sein. Alle gingen sich aus dem Weg. Jeden, der es sich gut gehen ließ, sah man argwöhnisch an. Miguel konnte es recht sein. Früher musste man mindestens einen Tag vorher bei Raul anrufen, jetzt hatte er Glück und sie saßen Augenblicke später am schönsten Platz, wie er fand.

„*Ich* seh' echt total beschissen aus", meinte Elena und sah Raul hinterher, „das hat er doch gemeint mit *ihr seht aus, als wenn ...*, oder?"

Miguel sah sie mit schiefgelegtem Kopf milde lächelnd an und suchte eine passende Antwort, die ihm nicht einfallen wollte. Mit der Karaffe, die Raul vorher auf den Tisch gestellt hatte, goss er die Gläser voll und prostete ihr anschließend zu.

„Bei ihm geht es immer ums Geschäft. Alle sehen so aus, als wenn ... *Du* siehst allerdings gut aus. – Vielleicht ein wenig abgekämpft. Ist ja zu verstehen. Aber deshalb sitzen wir hier und lassen es uns gut gehen."
Er musterte sie genauer und stellte fest, dass er gelogen hatte. Sie sah ihn an und tat es doch nicht. Als schaute sie durch ihn hindurch. Ihr Blick hatte etwas eigentümlich Abwesendes. Etwas Maskenhaftes. Vielleicht war es zu verstehen, wenn er ihre letzten Stunden betrachtete. Somit ärgerte er sich wieder einmal, nicht genug von Psychologie zu verstehen, vor allem, wenn das Privatleben betroffen war.

„Abgekämpft. – Wenn du wüsstest", erwiderte sie, lachte heiser auf und trank ihr Glas in einem Zug leer. „Liebe kann manchmal ganz schön doof sein, wenn man es dann auch noch selbst ist. Jetzt hast du mich am Hals und kannst mich nachher höchstens noch vor einem Hotel absetzen."

„Du meinst bei uns zu Hause", wieder mit einem Lächeln.
Elena biss sich auf die Unterlippe. Ihr seit der Fahrt abgeschminktes Gesicht verriet nur unvollständig das Tohuwabohu in ihrem Kopf. Miguel wusste, heute Abend gäbe es statt Antworten noch einige Rätselsätze von ihr. Schon folgte der nächste:

„Liebe muss echt schön sein. Vielleicht sollte ich es auch mal versuchen", zischte sie, ließ sich zurückfallen und sah ihn ernst an. Bevor die Tränen kamen, meinte sie: „Entschuldige! Ich bin eine blöde Gans. Aber das solltest du eigentlich längst wissen."
Dann stand sie auf, stieß an den Tisch, dass die Gläser wackelten und klirrten, und ging zur Toilette. Miguel schob die Gläser wieder zurecht und starrte auf die schöne, aber ernst schauende Frida Kahlo an der blutroten Wand. Plötzlich stand Raul neben ihm und legte

eine Hand auf seine Schulter. Gleich würde er seinen Lebensberatungsautomaten anwerfen, legte ihm aber nur einen Zettel hin. *Freundschaft – das ist wie Heimat.*

„War heute der Tagesspruch in meinem Kalender. Glaub mir, sie weiß, wo sie hingehört. Aber dort anzukommen, kann nach einer Irrfahrt länger dauern. – Weißt du, was sie hinter sich hat?"

Elena stand derweil vor dem Spiegel im Klo und starrte sich in ihm genauso wie Miguel an und auch wieder nicht. Ihr Kopf war so leer wie ihr Blick. Irgendetwas ganz hinten in ihm machte Klick und sie blinzelte. Mit ihr stimmte was nicht. Es konnte nicht anders sein. Sie war verrückt. Mit Männern pennen und sich erniedrigen, ja sogar quälen lassen. Mit solchen Männern pennen und genau deswegen glücklich sein. Und mit Männern pennen und in ihren Armen sterben wollen. Bei Miguel sogar bis zu dem kleinen Tod. Nebenbei – ohne irgendwelche Gefühle – an tödlichen Viren manipulieren und gleichzeitig in einem Krankenhaus Infizierten helfen. Nannte man das in Kennerkreisen nicht auch dissoziative Identitätsstörung? Jetzt war sie jedenfalls die nicht Glückliche, vor ein paar Tagen noch die bis zur Bewusstlosigkeit Liebende und vor ein paar Stunden die vor allem Fliehende. Sie legte die Stirn an die Fliesen neben dem Spiegel und schlug zackig mit ihr dagegen. Ein kurzer Schmerz. Sie hatte Lust, ihn zu wiederholen, und tat es. Und ein drittes, viertes und fünftes Mal. Wieder der Blick in den Spiegel. Die Stirn war rot und sie verzog zufrieden das Gesicht. Sie liebte Schmerz einfach. Diesen und den der Qualen. Sie liebte Miguel. Und sie liebte nicht. Dann füllte sie ihre Hände mit kaltem Wasser und kühlte damit ihre Stirn. Ein Blick in den Spiegel und sie war weniger rot. Mit einem Stück Klopapier wischte sie sich ab und wartete, bis sie glaubte, wieder unter die Leute gehen zu können.

Miguel las den Spruch ein zweites Mal. Ein Kurt Tucholsky hatte ihn verfasst. Den Namen kannte er nicht. Auf der Rückseite stand: *Berlín, 9 de enero de 1890, – Gotemburgo, 21 de diciembre de 1935, escritor, periodista.*

Raul hatte wohl eins und eins zusammengezählt. Mit Inés war er das letzte Mal vor Monaten hier gewesen. Jetzt in den letzten Tagen schon zum dritten Mal mit Elena. Es war offensichtlich. Miguel musste eine Neue haben. Und so wie es aussah, hatte die ihre Probleme. Jedes Mal in einer anderen Stimmung. Erst interessiert, dann verknallt, nun verstimmt. Wahrscheinlich mehr. Abwesend. Gab es eine Krise? Die leichte Aggressivität in ihrer Reaktion war natürlich auch ihm aufgefallen. *Liebe muss echt schön sein.* Unter dem mageren Eintrag des Namens von Tucholsky stand die – weil nur mit einem Wort benannt – lapidar wirkende Erklärung für seinen Tod: Überdosis.

Miguel schaute zur Toilettentür und zählte die Sekunden. Nachdem er damit schon längst aufgehört hatte, hypnotisierte er den Wein in seinem Glas und überlegte. In seinem Kopf stürzten allerdings Horden von Fragen und Antworten durcheinander. Sicher waren bereits mehr als zehn Minuten vergangen. Gerade wollte er aufstehen und ihr folgen. Wer weiß, was sie sich antat. Da kam sie wieder zurück. Ohne ihn anzuschauen, ging sie nicht bei ihm vorbei, sondern klemmte sich mit Abstand zu ihm zwischen dem anderen Tisch und ihrem hindurch, um sich wieder hinter die Platte zu zwängen. Sofort trank sie das nächste Glas leer. Und er dachte darüber nach, wofür sie sich Mut antrinken wollte. Ihr Blick indes unverändert ernst auf ihn gerichtet und damit wieder durch ihn hindurch. Nur die Tränen waren verschwunden.

„Was betrübt dich?", wollte er wissen.

„Ich mich selbst", antwortete sie, ohne zu zögern, und ihr Kopf zuckte dabei nach hinten, als müsste jedes Wort noch zusätzlich beschleunigt werden. Sekundenlanges Schweigen folgte und Miguel hielt ihrem Blick stand. Dann schob er ihr den Zettel hinüber. Sie starrte darauf, als sei es ein widerliches Formular, Kündigungsschreiben oder viel zu teurer Kreditvertrag und versuchte, nicht wieder so aggressiv zu reagieren. Doch ihre Feststellung war schneller als ihre Kontrolle:

„Freundschaft. – Ich dachte Liebe. Damit ist ja jetzt wohl alles klar."

Der Zettel segelte von einem Schubser auf den Weg gebracht in Miguels Richtung, aber dann vom Tisch herunter. Gleich darauf begann das Spiel von vorne. Sie stand auf und verschwand hinter der Tür zu den Toiletten. Ihre Stirn und der Kopf brauchten eine Zugabe. Aus den Augenwinkeln sah Miguel Raul die Teller mit einem skeptischen Blick unter das Warmhaltelicht zurückschieben. Keine drei Minuten später kam sie schon wieder zurück. Ihre Haare nass und wirr auf dem Kopf. Vom Kinn tropfte noch das Wasser. Mit einem mitgebrachten Papiertuch wischte sie es ab, ging dieses Mal an Miguel vorbei und blieb für einen Kuss in seinen Nacken kurz stehen. In sein Ohr flüsternd meinte sie:

„*Jetzt* sehe ich so aus als wenn … Du hast es ja nicht anders gewollt."

Mit immer noch ernstem, kaum zu deutendem Blick setzte sie sich wieder ihm gegenüber, nahm das Besteck in die Hand und klopfte damit gegen die Teller. Gleichzeitig schaute sie zu Raul hinüber und meinte:

„Mach schon! Wehe, das ist nicht anständig."

Endlich lachte sie. Raul brachte die Teller und Elena forderte Miguel mit scharfem Ton auf:

„Erzähl was. Essen, ohne dabei Geschichten zu hören, kann langweilig werden, vor allem, wenn ich sie erzählen müsste. – Oder hast du Lust auf noch mehr Scheiß von mir?"

Miguel lächelte – etwas – und schüttelte den Kopf. Geschichten. Sie machte doch schon genug. Was sollte er also berichten, auf was eingehen? „Geschichten", sagte er leise vor sich hin und begann von Vicenҫs Einsatz zu erzählen, damit er sie am Flughafen finden würde. Und von dem dummen Gesicht, das der Typ von der Security gemacht hatte, als er nahezu ungebremst vor das Terminal fuhr. Und von seiner Freude, dass zum ersten Mal seine Polizeimarke ihm wirklich geholfen hatte, sonst wäre er sicher nicht so schnell in die Sicherheitszonen gekommen. Er sei ja nicht von der Flughafenpolizei. Mühsam lächelnd schaute sie vom Teller hoch und erklärte mindestens genauso mühsam:

„Ich freu mich auf nachher."

Es klang, als müsste sie sich selbst davon überzeugen oder gar dafür überwinden.

29. September, 0 Uhr 20

Sie hatte es getan. Vielmehr – entgegen dem Klang ihrer Worte *Ich freu mich auf nachher* – eher zugelassen. Noch treffender, genauso haben wollen. Ihn mit Tränen in den Augen so lange geneckt, bis er vor lauter Erregung nicht mehr anders konnte, als sich mit ihr zu befriedigen. Fiebrig, schwitzend, auf ihr, mit ungewohnter Eile, die allerdings nicht an dem Schmerz schuld war, den sie spürte und den sie genau so spüren wollte. „Warum weinst du wieder?", fragte er keuchend, ihre Lippen suchend und ruhelos in ihr drängend und sie log: „Vor lauter Glück."

Seit vier Wochen war sie mit ihm nun zusammen – *Was für eine kurze Zeit,* dachte sie – und dennoch kannte sie allmählich seine Vorlieben – *dabei* – und presste ihn mit ihren Beinen noch mehr in sich. Währenddessen ging sie seinen Bewegungen in ihr nach, um ihn in seinem Moment zu spüren, und dachte an das, was sie ihm in all der Zeit und gestern Abend erzählt und doch verschwiegen hatte. Zwei, drei Dinge waren nicht beiseitegeräumt. Die würde sie ihm (noch) nicht sagen können. Ein paar Tage würde sie abwarten und dann entscheiden, ob sie es überhaupt tun würde. Die Unbeschwertheit war spätestens durch ihre Aktion mit dem Flughafen ohnehin vergangen. Zumindest bei ihr. Vielleicht für länger. Vielleicht für immer. Vielleicht wäre sie dann nicht mehr notwendig. Jetzt hatte sie ihm jedenfalls etwas vorgemacht, geschauspielert wie viele Millionen Frauen in solchen Momenten und nur in sein Ohr gehaucht, trotz der Freude, die sie im Grunde immer noch nicht kundgetan hatte, als er sie im Flughafen in den Arm nahm und meinte: *Wir fahren jetzt nach Hause. – Verdammt noch mal, ich brauche dich!* Nach Hause. Das war, was ihr aber auch Angst bereitete.

Ihr Kopf war abgelenkt. Wie ihre Seele. Wie all ihre Gefühle. Sie musste sich zwingen, nicht wie ein Kissen zu wirken, das einfach nur dalag. Das Wort *Zuhause* war mit einem Fluch belegt. Ein Zuhause gab es nicht. Sich daran zu gewöhnen, wäre nicht ohne Weiteres möglich. Davor müssten genau diese ein, zwei Wahrheiten auf den Tisch. Zu Hause fühlte sie sich in den Krankenzimmern oder wenn sie mit Teresa sprechen konnte, an einem fremden Strand mit Miguel und für gewöhnlich hier in seinen Armen. Manchmal. Nur nicht heute. Nicht hier. Nicht in diesem Moment. Nicht nach all diesen verheimlichten Nachmittagen.

Sein Atem veränderte sich, erinnerte sie deshalb an das, was früher *zu Hause* war. Genauso wie dort wuchs er in ihr. Unablässig beobachtete sie ihn dabei, sein Auf und Ab und wie er – immer näher am Ziel – sie ab und zu mit seinen schönen flackernden eisblauen Augen fast schon entrückt anlächelte. Dasselbe Lächeln, gerade noch erkennbar, als sie in dieser viel zu dunklen Nacht am Meer auf seinem Schoß saß und für einen viel zu kurzen Moment eine andere, die viel glücklichere Welt betrat – und suchte jetzt doch nur die Parallelen zu den anderen Männern. Mit denen hatte sie, einem mit sich selbst getroffenen Agreement gleich, dasselbe gemacht, was sie vor Minuten bei Miguel provozierte. Erregen, sich darbieten und sie gewähren lassen. Hatte deren Körper an sich gepresst, damit ihre Gier gebremst und manche abstruse Vorstellung von Sex verhindert. Als Rettung für ihre Seele, um sich von dem Gefühl zu befreien, genau dafür missbraucht worden zu sein. Von einem Vater, der keiner war, Vasquez, der jeden unbeobachteten Augenblick nutzte, zudringlichen und zumeist betrunkenen Kommilitonen und Dozenten. Der Schmerz, der ihr dabei zugefügt wurde, neutralisierte den Akt, bestrafte sie und ihre Schwäche, sich nicht schon längst gewehrt zu haben. Das war auch zu Hause.

Sich, wie so oft in den letzten Wochen, mit diesem Schmerz in ihrem Körper, in ihrer Seele, in ihrem Herz, bei einem letzten Höhepunkt, dem gerechten, aber viel zu kurzen kleinen Tod, der *pequeña muerte* zu nähern und diesen, wie nie zuvor geschehen, zu genießen, davon war sie deshalb allerdings nun weit entfernt. Warum gab es in solchen Momenten nicht den längsten aller Tode? Er wäre gerecht gewesen, hätte sie bestraft und die Männer zu Mördern gemacht. Strafe und Belohnung zugleich. Ausgerechnet jetzt schickte sich Miguels Erregung an, sich doch noch auf sie zu übertragen. Aber etwas wehrte sich in ihr. Sperrte sich. Sie konnte es nicht benennen. Trotz dieser Nacht am Meer mit ihm. Heute Nacht war sie dafür noch nicht bereit, nicht für diese Welle, die sie davontragen würde, nicht für den Tod, nicht für die Worte, all die Widersprüche zu erklären, und sie lenkte sich ab: Wieder mit den Männern, dem Inhalt der Mail von der Sanz und dem ganzen Durcheinander von Empfindungen und Bildern: Institut, die erste Nacht mit diesem ... Vater und Vasquez, deren Rohheit und ihre eigene Dummheit, Buenos Aires, Abende bei Raul, die erste Nacht mit Miguel, der Strand, ihre dauernden Fluchten, seine so unnachahmliche Lust. – Die letzte Erinnerung wäre fähig gewesen, sie doch noch mitzureißen, aber Miguel war in diesem Moment heiß und heftig gekommen, schon zur Seite gerollt und seine Wärme floss bereits so schnell wieder aus ihr heraus, als wenn sie diese, wie all das in ihrem Kopf, jetzt auch noch aus sich herauspressen würde, während er sich wieder über ihren Bauch beugte und ihn und sie mit Küssen übersäte.

Sie war wieder da, wo sie all die Jahre in einer solchen Situation angekommen war. In einem Bett, mit einem Mann, auf der Suche nach dem, was sie nicht benennen wollte oder konnte. Miguel war zwar nicht zu Vasquez, nicht zu ihrem Stiefvater, nicht zu einem der anderen Männer geworden. War kein Monstrum. Aber in diesem Moment doch nur ein Mann, der sich mit ihr befriedigt hatte. Ohne Schläge zwar. Ohne Brutalität. Doch heute hatte sie Schmerz erwartet. Heute hätte sie diesen gebraucht. Wäre er nicht zum Flughafen gekommen, läge sie jetzt schon in einem anderen Bett, um zu gehorchen, um zu folgen, um jemand ganz anderes zu sein. Und sie hätte danach doch wieder nur Angst gehabt und nicht gewusst, wer sie war.

Miguel richtete sich auf, wischte schnaufend über sein feuchtes Gesicht und schaute sie mit einem unsicheren Lächeln forschend an. Ihm war es nicht entgangen. Das Beben ihres Körpers, das kurze Verharren, das letzte An-sich-Pressen, das laute Zittern ihres Atems mit dem drolligen Glucksen am Ende, waren ausgeblieben.

„Entschuldige! Ich war zu ungeduldig", sagte er im Glauben, zu wissen, woran es lag, und meinte eigentlich: *Was ist los?*

¡Qué guay! ¡bien hecho! oder der kommentarlose Gang aufs Klo waren bis vor diesen vier, wenigen Wochen die üblichen Antworten der anderen danach gewesen. Aber weder der Vorgang, deren scheinheiligen Worte noch das Danach waren mit einem Gefühl oder gar einer Zärtlichkeit versehen. Vasquez hatte sie sogar mehrfach geschlagen, ja, geprügelt, weil sie sich weigerte, ihm einen zu blasen. Die Schläge hatte sie dann später immer wieder genossen, weil sie Distanz schufen, das andere immer verweigert. Vielleicht deswegen? Ein Entschuldige, wie gerade von Miguel, hatte sie auf jeden Fall noch nie gehört. Sie krallte eine Hand ins Laken und nicht in seine Haare. Ver-dammt-noch-mal! Miguel war nicht einer dieser Männer.

Vielleicht sollte sie es ihm jetzt erzählen, vielleicht sollte Miguel sie sodann schlagen, sie bestrafen für das, was sie ihm antat. Aber Liebe sah anders aus. Sie hatte sie erlebt. Mit ihm. Ohne Schläge und Gewalt. Plötzlich bekam sie Lust. Unbändig. Alles zog sich in ihr zusammen. Sie musste ihn nur wieder zu sich heraufziehen, ihn in den Arm nehmen, ihm über den Kopf streicheln, ihn küssen, ihn noch mal erregen, ihm irgendetwas sagen. *Bleib in mir, bleib bei mir, halt mich fest, lass mich nicht los.* Stattdessen schoss ihr die Antwort auf seine Feststellung von gerade eben durch den Kopf: *Nein, alles in Ordnung! Muss ja nicht immer sein. Ich habe es trotzdem genossen.* Aber sie sagte weder das eine noch das andere, blieb nur wie ein zur Seite geschlagenes Laken liegen, das keine Aufgabe mehr zu erfüllen hatte, und starrte an die Decke. Im Kopf das große Durcheinander und auf ihrem Bauch Miguels Lippen. Zögerlich strich sie ihm über den Kopf und meinte:

„*Ich* war nicht bei der Sache. Tut mir leid. Weil … ich meine …" Was sollte sie sagen? Das? In ihrem Kopf pochte es. Sein Stoppelbart kratzte auf ihrem Bauch. Viel zu zärtlich. Viel zu schön. Sie drehte sich ein wenig zu ihm, – dadurch nun herabgerutscht – streichelte eine Hand von ihm eine Hälfte ihres Pos, als sei diese aus Porzellan. Was für ein Gefühl! Was für eine Zärtlichkeit! Sie wartete auf ihre Lust, die sich nun einstellen müsste – und ließ sie im gleichen Moment nicht zu. Sie fühlte sich wie zerrissen. Gut, dass es so dunkel war. Er würde sicher wieder fragen. So meinte sie:

„Wenn ich den Titel, den Doktor habe, werde ich mir wahrscheinlich eine neue Stelle suchen müssen." Miguels Hände glitten derweil langsam von ihrem Po an ihrer Seite entlang und streiften die Spitzen ihrer Brüste, während sein Mund sich auch auf den Weg zu ihrem aufmachte.

„Im *Son Espases* werden sie dich mit Kusshand nehmen", meinte er, bemerkte von dem Desaster in ihr nichts und zwirbelte mit seinen Fingern die Spitze ihrer rechten Brust, während er die linke küsste. Nun spürte sie die Lust. Wie ein Hauch legte sie sich auf ihre Haut. Aber es blieb bei der Hand auf seinem Kopf, die nichts tat, außer auf diesem mit an ihrem Körper hochgewandert zu sein, deshalb schob er nach:

„Mach dir keine Gedanken. Oder bleib im *Son Llàtzer*. Die würden sich sicher auch freuen. Und Teresa. Und wenn du magst, höre ich mich mal um, was bei uns vielleicht zu machen ist. – Du musst die nächsten Tage sowieso erst einmal zur Ruhe kommen."
Er ließ sich wieder wie sie auf den Rücken rollen und tastete nach ihr, fand eine Hand und hielt sie fest.

„In den letzten Wochen ist auch viel passiert", ergänzte er, „zu viel. – Wir müssen auch nicht jeden Abend ... Es ist schön, aber nicht das Wichtigste. Hauptsache, alles kommt in Ordnung! Muss ja nicht immer sein."

„Hmh." Ihr Seufzer klang unentschlossen und auch traurig. „Vielleicht."

Die Decke über ihren Körper ziehend schob sie sich hoch zum Kopfende und biss sich auf die Unterlippe. Sprechen konnte sie also auch nicht mehr. Statt der gerade noch erhofften Lust spürte sie eine Art Taubheit, als wären ihre Nerven gekappt. Sie seufzte laut auf und pustete ihre Lunge leer. Warum konnte sie nicht loslassen? Warum ging alles schon wieder von vorne los? Warum hatte sie sich zerstören lassen? Sie versuchte zu lächeln, fand eine Art Entschuldigung und wendete ihren Kopf zu ihm:

„Auch deshalb bin ich getürmt und habe mich doch gefreut, wieder hier zu sein. – Ich glaube, ich wollte, dass du genau das tust, was du heute und jetzt getan hast. Mich abholen und – mich lieben", sagte sie und hoffte wenigstens *damit* nicht gelogen zu haben. „Ich will mir lieber nicht vorstellen, was sonst passiert wäre. Gib mir Zeit. Da oben drin ...", sie klopfte sich mit den Fingerknöcheln an den Kopf, „... ist gerade eine Art Sturmflut. Und es gibt noch ein paar Dinge, die ich dir vielleicht erzählen muss. Aber da oben drin geht es zurzeit nicht mit rechten Dingen zu. Wenn du mir Zeit geben kannst, gib sie mir. Bitte! Und wenn du mir deine Liebe geben magst, gib sie mir. Bitte! Ich hätte nichts dagegen, wenn es jede Nacht so wäre. Ich muss nur lernen, sie wieder annehmen zu können."

29. September, 4 Uhr 45

Seit jeher schon, als die Straße vor unzähligen Dutzenden von Jahren noch ein Pfad war, schlängelte sich der Weg wie ein abgerissener und vom Wind verwehter Schuhriemen an den im Weg stehenden Felsen vorbei an herrschaftlichen Pinien den Berg hinauf. Die wenigen, oft weiß getünchten Häuser sahen im Scheinwerferlicht wie riesige Würfelzuckerstückchen aus. Aber kaum vom Lichtkegel erfasst, waren sie wenige Meter später aus diesem schon wieder verschwunden. Dazwischen ein paar Steineichen und niedrige Palmen, die durch ihre Schatten zu winken schienen. In Verbindung mit ihrem Vorhaben hatte es etwas Gespenstisches. Dabei hatte ihr Entschluss nichts Bedrohliches. Im Gegenteil, das einzige Gespenst, das in nächster Zeit drohte, war die Vergangenheit, die sie einholen könnte, von der sie aber hoffte, sie nun mit jedem Meter abzuschütteln. Auf der anderen Seite des Passes sah sie für einen kurzen Moment das Glitzern des Meeres. Die Würfelzuckerstückchen hatten sich aufgelöst und nun den Horizont erobert. Sie wollte die funkelnde Scheibe für den versüßten Ausblick in ihre Zukunft halten.

Endlich draußen, endlich würde sie einen Schlussstrich unter allem ziehen können. Endlich wäre die Zeit der Demütigungen, des ständigen Nachgebens, der immer gelogenen Entschuldigungen vorbei. *Ich kann nicht kommen, ihr wisst doch, er braucht mich* oder *wir haben zu ernten und alles zu versorgen* oder ähnliche Ausreden, die allesamt gelogen waren, weil nur seine Tyrannei über sie die einzige Wahrheit gewesen wäre. Endlich könnte sie selbstbestimmt leben. So alt war sie noch nicht, dass ein Neuanfang sich nicht noch lohnen würde. Sie hatte zwar nichts anderes gelernt, als treu – doof, wie sie es seit Jahren schon fühlte – den Haushalt zu führen und drei Kinder in die Selbstständigkeit zu entlassen, aber trotz des Virus und der daraus resultierenden Arbeiten wollte niemand von denen, die es nötig hätten, einfache Arbeiten annehmen. Für solche Sachen war sie sich nicht zu schade. Was hatte sie denn in den letzten Jahren anderes gemacht, als Klos zu putzen, Böden sauber zu halten, Wäsche zu waschen, ihren dreien den Hintern abzuwischen. Und vor allem die Scherben und die erbrochenen Ergebnisse seiner Besäufnisse zu beseitigen.

Verdammt noch mal, sie war erst Ende fünfzig. Zugegeben kein Alter, in dem sich das Leben um sie noch groß scheren würde. Schon gar nicht auf irgendeine attraktive Weise. Auch weil dieses seine Spuren in ihrem Gesicht und an ihrem Körper hinterlassen hatte. Aber wenigstens musste sie sich nicht verstecken und würde sie jemand auf die Narben ansprechen, gäbe es vielleicht einen Moment, diesen ihre Geschichte zu geben. Aber so weit wollte sie noch nicht denken.

Nun hieß es tatsächlich mit jedem Meter, den sie hinter sich brachte, dem alten Leben endgültig den Rücken zu kehren. Und mit jedem Meter schien der Horizont trotz der noch herrschenden Dunkelheit auch schon heller zu werden. Konzentriert fuhr sie langsam die immer noch kurvige Strecke zur Küste hinunter. Sie hatte einfach zu wenig Übung im Autofahren, drückte den Knopf am Radio und summte, auch wenn sie das Lied nicht kannte, dessen Melodie mit. Die war doch immer irgendwie gleich.

Ihre Mutter hatte recht gehabt. Sie hätte einfach Nein sagen sollen. Aber ihr damals schon hinfällig werdender Vater dachte einen Nachfolger gefunden zu haben und sorgte dafür, dass sie nicht widersprechen konnte. *Er ist ein guter Mann und solange ich da bin, weiß er, was er zu tun hat.* Keine zehn Jahre später wusste sie, wie wenig dieses Versprechen wert war. Ihr Vater und ihre Mutter waren kurz hintereinander gestorben, sie Mutter dreier Kinder und er – der Ausgesuchte – ein saufender Nichtsnutz, der sich in dieser Situation um nichts kümmerte, sondern in den Wochen danach sogar die Firma ruinierte. Abends brüllte er die Kinder an und nahm aus den immer wieder wechselnden Verstecken die letzten Münzen des Haushaltgeldes, um sich eine neue Flasche zu kaufen, die selten zwei Tage reichte.

Um über die Runden zu kommen, ging sie putzen und hatte dabei ein, zwei, wenn auch wenig zärtliche Liebschaften, aber immerhin, sie konnte sich für einen kurzen Moment als Frau fühlen, obwohl sie nur selten dort eine Erlösung fand. Die älteste Tochter kümmerte sich um die zwei Geschwister und schüttelte immer öfter über den Vater, der diese Aufgabe vergessen hatte, den Kopf und berichtete unter Tränen ihrer Mutter davon. *Und wenn ich groß bin, haue ich ab.*

Dies tat sie tatsächlich keine zwei Jahre später, einen Tag, nachdem sie ihre Schule beendet hatte. Sie verschwand mit einer Freundin in irgendeinem Stadtteil Palmas und war für über ein Jahr nicht mehr zu sehen. Als sie kam, Kaugummi kauend, abgerissen und mit Narben am Arm, brauchte sie Geld und erzählte im Nebenbei, als müsste sie von einem langweiligen Fußballspiel berichten, dass ihre Freundin bereits nach wenigen Wochen irgendwo tot aufgefunden worden war. Obwohl sie als Mutter das Recht gehabt hätte, nachzufragen, unterließ sie es. Die Todesursache konnte sie sich denken, auch wie ihre Tochter in diesem Jahr über die Runden gekommen war. Das war dann ein für alle Mal vorbei. Denn so, wie sie damals bei ihrer Rückkehr aussah, wollte kein so schmieriger Typ *dafür* auch noch was bezahlen.

Auch zur zweiten Tochter verlor sie später den Kontakt. Nur ihrem Jüngsten konnte sie wohl ein besseres Leben geben. Von ihm kam auch immer wieder eine Zuwendung, ein Scheinchen, das sie nur unter Tränen annehmen konnte. Doch seit das Virus begonnen hatte, die Welt auf den Kopf zu stellen, musste er ihr eingestehen, nun vorerst nichts mehr geben zu können.

In Andratx hatte sie in einer Pension ein billiges Zimmer gefunden. Sie überlegte, wann sie das letzte Mal so weit weg gewesen war, und konnte sich beim besten Willen nicht erinnern. Das Auto war zwar alt, aber sie hatte es in den letzten Tagen herausgeputzt. Vielleicht würde sie dafür noch die 1000 Euro bekommen, von denen ihr Sohn sprach. 1000 Euro. Sie hatte gelernt, damit sehr lange auszukommen. Und wenn sie eine Stelle finden würde, egal, was es zu tun gab, würde es mühelos für ein neues Leben reichen.

Vor einer Woche stellte der Arzt den Totenschein für ihn aus, während sie das Kissen an ihren Körper presste, zuckte mit der Schulter und meinte:

„Das Herz. Es konnte ihm die vielen Fehler in seinem Leben auf Dauer nicht verzeihen. – Du weißt das. Tut mir leid."

Sie spielte die Trauernde, nickte und ließ ihn grußlos gehen. Er konnte es nicht wissen, sein Bruder war damals, als sie hätte Nein sagen können, derjenige, den sie eigentlich ausgewählt hätte. Dieser hatte eine jetzt immer noch schönere Frau an seiner Seite, als sie es im Moment war. Kurz schaute sie in den Rückspiegel. Das ließe sich sicher noch ein wenig ändern. Lächelnd klopfte sie auf das Kissen, das nun neben ihr auf dem Sitz lag, die letzte Erinnerung an das Leben, das ihr so viele Schwierigkeiten bereitet hatte.

29. September, 6 Uhr 35

Die neue Normalität begann gleich mit dem Beginn des ersten Tages. Ramon verschwand grummelnd im Bad und Inés zupfte sich nervös ihre von ihm verschobene Pyjamahose zurecht. Sie hatte seine morgendliche Zärtlichkeit mit steifem Körper nur für ein paar Sekunden zwischen ihren Schenkeln zugelassen und seine provozierend nackte Männlichkeit missachtet. In genau diesem Zustand war er – wohl etwas frustriert – aufgestanden und hatte die Tür hinter sich geschlossen. Inés dachte an Diego und seine Papiertaschentücher, die sie bis vor wenigen Monaten des Öfteren noch gefunden hatte. Jetzt aber hatte er seit Wochen Luisa. Nahezu täglich. Das sollte reichen. Sie konnte ihn ja nicht ständig bewachen und hoffte, Diego nahm sich dabei Ramons Sätze zu Herzen. Spätestens nachdem sie an einem Abend zu viert, Ramon und sie, Diego und Luisa, auf dem Balkon saßen und über Schule und andere Alltäglichkeiten gesprochen hatten. Ramon hatte innerhalb von wenigen Tagen auf eine eher freundschaftliche als väterliche Art Miguels Rolle übernommen. Plötzlich meinte eher ganz beiläufig, *Wenn man euch so sieht, macht es wohl sehr viel Spaß. Kann ich mir auch gut vorstellen. Ich hoffe aber, dass ihr das nicht ohne das hier macht.* Dann warf er ihnen eine Packung zu, die Luisa im Flug auffing. Diego hingegen war rot geworden und schaute auf den Boden. Auf die Packung schauend lachte Luisa und stupste Diego in die Seite. *Wollen wir?*

Inés war kurz davor, deshalb wieder zu grinsen. Dabei war das alles andere als lustig. Darüber hätte sie schon längst mit den beiden reden müssen. Spätestens nach damals, als Miguel den beiden für das erste Mal seine Wohnung zur Verfügung gestellt hatte. Was für ein bescheuerter Einfall! Der Möchtegern-Vater mit der selbstgebastelten Zukunft spielte den großzügigen und einsichtigen Erzieher. Ihr Grinsen bezog sich dann doch wohl eher auf Ramons pragmatischere Maßnahme, die ganz simpel erklärte, *wir* wissen Bescheid. Jedenfalls hatte seine Methode immerhin so viel Erfolg gehabt, dass sie glaubte, ihre Funktion – was für ein Wort in diesem Zusammenhang! – als Mutter noch behalten zu haben. Immerhin war sie zumindest Zeugin von dieser ... erzieherischen Maßnahme.

Aber darum ging es in diesem Moment gar nicht. *Sie* hatte keine Lust, weil die bevorstehenden Aufgaben des Tages diese verhinderten. Und sofort kamen die Zweifel hoch, alles richtig gemacht zu haben. Immerhin hatte sie in den letzten wenigen Wochen ihr Leben und, wenn sie ehrlich war, das von Diego und Rafael vollkommen umgekrempelt. Und das gehörig und ohne die beiden zu fragen. Die nächsten Wochen ginge das vielleicht noch gut. Für alle war es so eine Art Abenteuer. Was aber, wenn genau dies daneben ging? War das mit Ramon womöglich auch nichts anderes als ein ... Abenteuer? Ein bisschen tröstende Sommerliebe, die nun ernst werden könnte und müsste? Etwas, was sie eigentlich nicht eingeplant hatte?

Sie lauschte. Nichts war zu hören. Nur das Wasser im Bad rauschte. Die Jungs schienen demnach noch zu schlafen. Sie schaute auf die Uhr. Etwa eine Viertelstunde hatten sie noch Zeit. Sie ärgerte sich über sich selbst, schlüpfte aus dem Pyjama, ging leise und nackt wie sie nun war an die Tür zum Bad und hörte das Wasser rauschen. Ramon stand wohl unter der Dusche. Die Tür war nicht abgeschlossen. Sie ging hinein und schloss sofort ab. Keine Sekunde später stand sie an ihn geschmiegt und fuhr mit einer Hand in seinen Schoß.

„Entschuldige!", flüsterte sie, lehnte sich an die Kacheln und hob ein Bein, um sich für ihn zu öffnen.

Ihre Lust war spätestens in dem Moment zurückgekehrt, als sie die Klinke in der Hand hatte.

~~~

Diego hatte wohl doch nicht mehr geschlafen. Keine fünf Minuten danach kam er aus seinem Zimmer. Strich sich immer wieder mit einem frechen Grinsen seine Haare nach hinten und setzte sich dann an den Tisch. Die ganze Zeit schaute er die beiden mit diesem leichten, ja fast triumphierenden Lächeln an. Es war offensichtlich. Er hatte gelauscht. Nun fehlte nur noch ein dummer Spruch von ihm. *Das Bad ist ja wohl nun wieder frei, oder? – Stehst du jetzt immer so früh auf?* Selbst wenn er nicht vor der Tür gestanden haben sollte, war ihr letztes Glucksen trotz vorgehaltener Hand vielleicht bis in sein Zimmer zu hören gewesen. Ginge sie nachher hinüber, würde sie wahrscheinlich ein weiteres Taschentuch finden.

„Ich komm heut' später, weil ...", meinte Diego dann, ohne seinen Satz zu beenden. Sein Blick erklärte ohnehin alles Weitere. Er brauchte keinen dummen Spruch, Ramon und sie hatten ihm einen Freifahrschein ausgestellt. Heute Abend wäre Luisa-Time. Der Ort *dafür* war längst ausgemacht. Dann nahm er seinen Rucksack und ergänzte breit grinsend: „... und Rafael hat sein erstes Training. – Bin gespannt, wie's bei denen läuft nach dem ganzen Theater mit dem Virus. Vielleicht ist es morgen auch schon wieder vorbei."

„Ich weiß noch nicht, wie lange ich in der neuen Dienststelle bin", erwiderte sie und bestätigte damit nur Diegos Fantasie.

„Ein paar Jahre, denke ich", antwortete Diego in aller Ruhe, „schließen tut sie heute Abend allerdings für den Publikums ... verkehr um 18 Uhr."

Damit schulterte er seinen Rucksack, sah noch mal seine Mutter an und kniff beim Hinausgehen ein Auge zu. Im Flur klatschte er seinem Bruder, der verschlafen aus seinem Zimmer torkelte, auf die Schulter. Rafael schien nichts mitbekommen zu haben.

„Komm nicht zu früh. Wenn du ihnen ihre Freiheiten lässt, hast du auch mehr davon."

Schon war er zur Tür hinaus und Rafael ohne einen Blick für seine Mutter und Ramon im Bad verschwunden. Inés schaute Ramon an, dann in ihre Tasse, die sie mit ihren Händen hin und her schob, und stellte fest:

„Ich hab' immer weniger Ahnung von Männern."

„Du musst nicht immer nachgeben, auch wenn es wieder unbeschreiblich war. Es gibt auch anderes. Ich bin deshalb nicht beleidigt."

„Und immer wieder ist es schön mit dir. Ist auch etwas ganz Neues für mich. Manchmal hab' ich Angst zu übertreiben, manchmal nicht genug zu bekommen. – Das kenne ich gar nicht von mir."

Ramon lächelte sie an und schob einen Arm über den Tisch, um ihr über eine Wange zu streicheln.

„In den nächsten Tagen werden wir ganz andere Herausforderungen zu bewältigen haben. Du an deinem neuen Arbeitsplatz, ich an der Uni, die Jungs in der Schule – sofern der Unterricht stattfinden wird – und die Wohnung ist auch noch nicht komplett. Wenn ich darf, würde ich meine kündigen. Dann hätten wir etwas mehr Geld ..."

Das war genau die Frage, die zweite, um deren Antwort sie sich drückte: Ihm eine Antwort darauf zu geben, ob er bei ihr einziehen durfte. Nach bereits vier Wochen. Plötzlich meldete sich wieder ihr Unterleib. Ihr wurde ein bisschen schwummrig und sie strich sich über den Bauch. Das Baby bräuchte einen Vater. So oder so. Und hatte sie nicht beschlossen, das Kind seines werden zu lassen, auch wenn ...? Also musste sie Ja sagen. Und beide Fragen waren beantwortet. *Ja, du wirst Vater und Ja, du darfst hier einziehen.* Wieder strich sie sich über den Bauch.

Dann hätten wir etwas mehr Geld. Vater zu sein war nicht nur ein kurzzeitiger Zustand, wie hungrig zu sein oder krank. Das konnte sich schnell ändern, das konnte schnell geändert werden. Vater und Mutter zu sein, bedeutete etwas Langfristiges, beinhaltete weitere Konsequenzen. Wenn man es ernst meinte. Vielmehr, *sie* es ernst meinte. Gut, sie könnten zusammenleben, in einer gemeinsamen Wohnung – in dieser – und wenn es nicht mehr ginge, weil sich Sympathie, Zuneigung und Liebe verändert hatten, wieder getrennte Wege gehen. Aber mit einem gemeinsamen Kind? Sie sah auf ihre Hände. Prompt glitzerte ihr ein imaginärer Ehering entgegen. Mein Gott, was machte sie nur, wenn ...

„Du willst mit uns zusammenleben?", fragte sie zögerlich, sah dabei immer noch auf die Hand und spürte in sich hinein. Ramon kratzte sich am Kopf und sah sie prüfend an. Schwang da in ihrem Ton noch etwas anderes mit? Zweifel? Angst? Doch zu viel Nähe? War er zu forsch? Bildete er sich vielleicht auch zu viel ein? Welche Zukunft verband sie mit dem Wort zusammenleben? Womöglich viel weniger als er. Er räusperte sich und versuchte zu lächeln. Seine Antwort war aber trotzdem eher ein Stottern:

„Nun ... ich dachte ... hatte das Gefühl ..., dass es zumindest ... im Moment ... also ... natürlich nur, wenn du es zulässt."

Im Bauch herrschte wieder Ruhe und der Ring am Finger war verschwunden. Auch eine Antwort. Die hatte sie sich doch ohnehin schon längst gegeben. Zusammenleben. Was hatte sie erwartet? *Er hatte das Gefühl, dass es zumindest im Moment ...* Überschwänglicher als sie es sagen wollte – nur weil ihr Inneres gerade nicht mehr wehtat, erwiderte sie:

„Natürlich, wie kommst du darauf. Die Jungs haben sich doch auch schon an dich gewöhnt. Ihnen ist wichtiger, dass die Ordnung – vielleicht weniger in ihren Zimmern –, aber dafür in der Familie stimmt."

Inés war manchmal seltsam. Hatte er vor ein paar Augenblicken noch den Eindruck gehabt, mit seiner Idee ihr zu nah gekommen zu sein, war sie nun diejenige, die sogar das Wort Familie in den Mund nahm. Dieses Wort hatte er umgangen. Dieses Wort war seinerzeit der Grund für Susana, seine Freundin, damals, als er es gegenüber ihr benutzt hatte, in seiner Miniwohnung, für eine volle Tasse Kaffee, die sie ihm an den Kopf werfen wollte. Dann war Schluss. *Familie. Du machst Witze! Geht es dir nicht schnell genug? Ich habe grad zu studieren angefangen. – Ich will ein bisschen Spaß im Leben und keine Familie.* – Sie war zu jung. Dafür. Was hatte er verlangt? Was hatte sie geglaubt? An welche Art von Zukunft? *Warum?*, hatte Inés gefragt, als er ihr von Susana erzählte. Und er hatte nur mit der halben Wahrheit geantwortet: Sie war jung. Mädchenhaft. Im Grunde zu jung. Jetzt aber war es Zeit für die andere halbe Wahrheit, für eine ganze Zukunft:

„Familie. Das klingt gut."

30. September, 3 Uhr 40

Daran hatte er nicht gedacht. Die eigene Liebe schien bislang nicht viel mit einem Kriminalfall zu tun zu haben. Egal, wie spannend alles war. Jetzt musste er nicht einmal lange darüber nachdenken. Ihr Wagen stand wohl noch am Flughafen. Wie sonst wäre sie dort hingekommen? Was war er nur für ein erbärmlicher Polizist. Er ging die Treppen zu seiner Wohnung hoch und wusste schon beim Öffnen der Tür, dass sie nicht da war. *No hay dos sin tres.* Sie war zum dritten Mal davongelaufen. Nicht einmal ein Zettel lag auf dem Tisch. Nicht ein Fitzelchen war von ihr übrig geblieben. Alles war gründlich aufgeräumt. Sie am Flughafen zu suchen, war sinnlos. Sie würde nicht ein weiteres Mal versuchen einen Flieger zu nehmen. Längst hatte sie sich auf einer der Fähren auf den Weg zum Festland gemacht. Auch wenn die ersten Gesellschaften Insolvenz angemeldet hatten. Platz auf den Schiffen gab es seit der ersten Virus-Diagnose trotzdem genug. Noch in der Tür setzte er sich auf den Boden und starrte in die Leere seiner Wohnung und kratzte sich am Kopf. Irgendwie hatte er es kommen sehen, geahnt, ja gewusst. Die Nacht nach seiner Aktion am Flughafen war weit von den anderen Nächten zuvor entfernt gewesen. Sie dachte an andere Dinge, von denen er keine Ahnung hatte, wollte Zeit, um ihren Kopf wieder freizubekommen, dachte womöglich an eine andere, vor allem nun doch wieder verlorene Freiheit. Wahrscheinlich läge sie schon an diesem Abend wieder bei Vasquez oder ihrem Nicht-Vater im Bett und würde das sein wollen, was sie mit solchen Männern gelernt hatte. Was hatte sie gesagt? Eine studierte Nutte. Auch wenn sie sowohl das eine wie das andere hasste. Aber sich für ihr Gefühl in der Seele zu entscheiden, und sei es auch nur für eine kürzere Zeit, um genießen zu können, machte ihr wohl Angst. Aber die gehörte zu ihrem Leben. Psychiater hätten sicher Erklärungen dafür.

Als er oben die Tür der alten Menguez und damit den dröhnenden Fernseher hörte, stand er auf, ging in die Wohnung und wartete ab, bis sie ihren Müll oder ihren Gang zu den Abstellräumen beendet hatte. Ihrem schlurfenden Schritt hinterherhörend setzte er sich an den Esstisch und sah sich um. Die eigene Wohnung war ihm plötzlich so fremd wie der Inhalt der nächsten Woche. Er versuchte sich Elena in ihr vorzustellen, aber es misslang. Ihr tatsächlich mädchenhafter Körper blieb ohne ein Gesicht. Dann verschwamm auch dieser vor seinem geistigen Auge wie eine Nebelschwade.

Im Hausflur hörte er den schwerfälligen schlurfenden Schritt der Menguez sich die Stufen hinaufquälen. Er klang immer gleich mühsam, denn es spielte keine Rolle, ob sie etwas nach oben schleppte oder nicht. Wenn er ihr schon mal im Hausflur begegnete, half er ihr natürlich und kassierte später jedes Mal eine Belohnung, die sie ihm dann vor die Tür stellte. Eine Tafel Schokolade, eine Tüte mit Gebäck oder einen kleinen Plastikbeutel mit drei, vier Löffeln Kaffeepulver.

Er schaute auf die Uhr über der Spüle. Es war spät geworden. Vielleicht nicht zu spät. Im Schlafzimmer zog er sich um und verließ anschließend wieder seine Wohnung. Sein Twingo sprang etwas widerwillig an und er redete ihm gut zu. Die Straße war tatsächlich nicht weit. Nach einer kurzen Fahrt stellte er das Auto ab und klingelte. Ohne nachzusehen, wer sie besuchen wollte, öffnete Gabriela die Tür. Durch das Treppenhaus hörte er ein: *Im ersten Stock.* Wie die alte Menguez, nur etwas schneller, schlurfte er die Treppen hinauf. Oben angekommen machte Gabriela einen Schritt zur Seite und ließ ihn an sich vorbeigehen. Sie war, wie vor ein paar Tagen angedeutet, beim Friseur gewesen und hatte sich die Haare in Form schneiden und etwas rötlich färben lassen. Glatt und an den Enden nach innen geföhnt reichten sie nun nur noch knapp über die Schultern. Und wie die Mädchen vorgestern draußen am Tisch trug sie enge Leggins in Militärlook und ein grünes, sehr knappes und enges Top. Allein ihr immer fröhliches Gesicht machte sie schon hübsch, und er fragte sich, warum er sich nicht schon früher öfter von ihrer guten Laune anstecken ließ, als täglich in das häufig säuerliche Gesicht von Toni zu schauen. Er sah auf ihren Po und die etwas festeren Schenkel. *Dafür steht sie mit beiden Beinen im Leben, im Gegensatz zu mir,* hatte Inés noch gemeint.

Automatisch fasste er ihre Seite und gab ihr einen Kuss auf die Wange. Beides fühlte sich gut an. Er würde sich daran gewöhnen können. Sanft schob sie ihn in ihre kleine Wohnung. Dort standen bereits zwei Gläser auf einem kleinen Tisch. Gefüllt mit einer bunten Flüssigkeit. Am Rand eine Orangenscheibe. Nicht nur in ihrem *Café Bianco* bot sie also Longdrinks an. Dankbar trank er das Glas, das sie ihm reichte, bis zur Hälfte aus, spürte, wie der starke Alkohol ihn sofort beruhigte, und sie massierte gleichzeitig seinen Nacken. Als er sich nach vorne beugte, um das Glas wieder abzustellen, zog sie ihm das Hemd aus der Hose und deutete nach hinten. Der Esstisch an der Wand, den er noch nie gesehen hatte, entpuppte sich als Massagetisch. Dieser sah vielversprechend aus. Schmal, aber mit einem Kopfpolster. Glücklich über das, was nun folgen würde, legte er das Hemd und seine Jeans ab und sich auf die schmale Matratze.

Sogleich begann sie seinen Rücken zu bearbeiten. Er versuchte etwas zu sagen, doch es misslang, auch als er seinen Kopf anhob, weil er sein Gesicht zu sehr auf die Unterlage gepresst hatte. Daher verfolgte er nur mit einem dankbaren Blick zur Seite ihr Tun. Nach unendlichen Minuten – längst hatten ihre Finger, Hände und Griffe, die nicht nur auf seinem Rücken unterwegs waren, eine völlig andere Reaktion an seinem Körper erzeugt – zog sie langsam das Top aus, präsentierte ihm ihre vollen Brüste und schlüpfte anschließend sogar noch aus den Leggins. Nein, sie war nicht schlank, nicht wie Inés, schon gar nicht wie Elena, aber eine hübsche, eine echte Frau. Ihre Haut etwas blass und der Schopf in ihrem Schoß dunkelblond, wie früher ihr Haar, aber eher spärlich. Sie lächelte ihn an und zog seinen Slip bis zu seinen Füßen hinunter und dann aus. Eine Hand von ihm suchte ihren nackten Körper, denn natürlich wollte er sie heranziehen, berühren und streicheln und … Doch sie stieß ihm unerwartet heftig in die Seite und er fuhr hoch.

Miguel brauchte ein paar lange Augenblicke, bis er sich orientiert hatte. Über ihm eine andere, aber genauso bekannte Decke, dann schaute er zur Seite. Neben ihm saß Elena aufrecht im Bett, streichelte mit einem sorgenvollen Blick seine Schulter und sah ihn verwundert an:

„Was ist denn mit dir los? Schlecht geträumt?"
Er schüttelte den Kopf, nickte und schüttelte wieder den Kopf. Mit einer Hand über seinen Kopf fahrend:

„Wo steht dein Auto eigentlich?"
Was für eine bescheuerte Frage als Antwort!

„Noch am Flughafen. Warum?"

30. September, 8 Uhr 20

„Schon etwas seltsam", meinte Andreu, „auf was die Leute alles so kommen, wenn sie ihren Müll entsorgen. Dabei gäbe es genug andere Möglichkeiten."
Er drehte sich um und reichte Miguel eine Mappe. *¡Hueles mal!* Es stinkt! – stand auf dem Umschlag. Schon etwas seltsam, dachte Miguel und damit an das Gespräch mitten in der Nacht mit Elena. Verblüfft über seine Frage bezüglich ihres Autos ließ sie die Hand von seiner Schulter sinken und lehnte sich an das Kopfteil des Bettes. Strich sich nachdenklich die Haare nach hinten und schaute zur nur halb geschlossenen Tür, zum Schrank, zum von einem matten Mond beleuchteten

47

Fenster und dann in sein in dieser Dunkelheit kaum zu erkennendes Gesicht. Sie tastete neben sich und machte deshalb Licht und wendete sich ihm zu. Sie ging wohl von einem schlechten Traum aus. Nach ein paar Sekunden fing sie an:

„Das war – ich betone war – bis gestern Abend tatsächlich eine Option für mich. Aber welchen Preis hätte ich gezahlt, wenn ich wieder getürmt wäre? Wahrscheinlich hätte ich spätestens in ein paar Tagen wieder bei meinen Eltern im Labor gestanden, weil mir kein besserer Mist eingefallen wäre, und gleich in der folgenden Nacht Besuch von ihm gehabt." Sie zuckte mit den Schultern. „Das kann ich. Vor Verantwortung wegrennen, anständige Lebensziele umgehen, den Kopf zu machen und ohne schlechtes Gewissen solche Typen mich bumsen lassen. Forschen und Leben sind zwei verschiedene Sachen. Das eine habe ich wirklich gelernt, das andere wurde mir auferlegt. Im wahrsten Sinne des Wortes. Und ich kann es dir nicht einmal erklären. – Kam das in deinem Traum vor?"

„Du hast die Option angenommen", antwortete Miguel und setzte sich auch auf, „und ich hatte es geahnt. Dann bin ich zu Gabriela."

Er ließ die Aussage ohne weitere Erklärung stehen.

„Gabriela? Kenn ich die?"

Miguel schüttelte den Kopf, dann meinte er:

„Das war in dem Traum *meine* Option."

Nun legte er den Kopf an die Wand über dem Bett und starrte in das Licht der Lampe. Die plötzliche Helligkeit tat fast weh und er genoss für einen kurzen Moment genau dies. Er hatte das Gefühl, wach zu werden.

„Ich hoffe, es war wenigstens schön", seufzte Elena, „das hätte ich dir nach allem gegönnt."

„Du hast mir vorher in die Seite geboxt", grinste er.

„Ich hab' dir also die beste Stelle versaut. Tut mir leid. Typisch. Und du lässt dir das gefallen." Ihr Grinsen passte allerdings nicht. „Hol es nach, wenn du magst. Ich könnte dir beim besten Willen keinen Vorwurf machen."

Wieder schüttelte er den Kopf.

„Ich muss daraus keine Kettenreaktion machen."

Er schielte zur Seite und sah Elena nicken.

„Du bist zu gut, zu lieb und blöd. – Und so einer ist Polizist", stellte sie leise fest, schüttelte ebenfalls, aber langsamer den Kopf und hypnotisierte ihre Hände, die begonnen hatten, ihre Decke zusammenzuknüllen. „Was hast du bloß von mir?"

„Die Wohnung hält langfristig zwei Personen aus."

„Es geht nicht um die Wohnung."

„Ich halte *dich* auch langfristig aus."

Miguel lächelte. Diesen Satz hatte er nicht geplant, aber trotzdem ernst gemeint.

„Das war wohl 'n Heiratsantrag? – Nach vier Wochen und all dem, was du mit mir erlebt hast. Kaum zu glauben. – Dabei hättest du sogar noch Optionen. Ich sag nur … Gabriela." Statt einem Lachen hörte er ein Schniefen. „Du bist wirklich blöd."

„¡Vale!", gab er zurück, zuckte die Achseln und ging aufs Klo.

Währenddessen sah sie ihm wohl hinterher und nutzte die Zeit sich auszuziehen. Als er wieder zurückkam, hockte sie auf allen vieren auf dem Bett und präsentierte ihm ihren nackten und wackelnden Po. „Ich hab' Lust", meinte sie nur und er gab ihr lachend einen Kuss auf eine Backe. Fast hätte er ihr noch ein Klaps gegeben. „Mach's mir … bitte … so", war dann das Nächste, was sie sich mit merkwürdigem Ton wünschte und er schüttelte den Kopf. So hatte sie noch nie mit ihm gesprochen. Was war nur los mit ihr? War sie eifersüchtig?

Wegen dem, was er ihr über Gabriela erzählt hatte? Allzu viele Gedanken konnte er sich nicht mehr machen, seine schnell keimende Erregung verlangte Gehorsam und er beugte sich über ihren Rücken.

~~~

„Was meinst du dazu?", fragte Andreu und riss ihn aus seinen Gedanken. Er brauchte einen Augenblick, um sich zu orientieren. Deshalb verdattert, schaute er hoch. Denn in seinem Kopf schwirrte noch Elenas Antwort auf seine ursprüngliche Frage herum. Minuten später meinte sie nämlich wieder neben ihm liegend und glücklich klingend „Ich hab's Auto im Übrigen heute vom Flughafen geholt" und „Zumindest die Wohnung wird mich wohl noch eine Weile aushalten müssen. Lass uns schlafen, bevor ich wieder Quatsch mache. – Und bevor du aufstehst, möchte ich dich noch mal".

„Schon etwas seltsam", erwiderte Miguel unkonzentriert.

„Ey! Was ist los? Schon wieder Krise?"
Miguel zog die Augenbrauen hoch und prustete.

„Ich bin umgeben von Psychologen", stellte er missmutig fest und fügte theatralisch hinzu: „Vielen Dank für eure Hilfe. Ich hoffe, ich bekomme es dieses Mal allein hin. *La vida no es un problema para ser resuelto, es un misterio para ser vivido.*"
Jetzt zog Andreu die Augenbrauen hoch und schnappte fast nach Luft.

„Also ... philosophieren kannst du jedenfalls schon mal gut. – Und was sagst du jetzt dazu?"
Er zeigte ungeduldig geworden auf die Mappe und Miguel zog die Blätter heraus. Irgendwo in der Pampa, zwischen dem kleinen Bergdorf Galilea und Calvia,

hatte man fünf große Fässer gefunden. Eines davon war wohl geplatzt und stank vor sich hin. Die einen meinten, es roch nach Verwesung, andere, es wäre vielleicht etwas Chemisches. Sollten sie doch ihre Finger reintauchen und ablecken, dachte Miguel schlecht gelaunt.

„Warum ist das unser Problem? Sind da nicht schon die *aceitunas*, die Kollegen der *Guardia* dran?"

„Vielleicht haben sie Angst, noch eine Leiche in dem ganzen Zeug zu finden, und wollen ihre Klamotten nicht dreckig machen. Oder es ist wegen deines Riechers. Pelleter meinte jedenfalls, wir sollen uns das mal angucken."

Sanchez Olivero verdrehte die Augen. Wegen seines Riechers. *Der* Spruch ist seltsam!

„Er meint wohl, unsere Nase reinstecken. – *Por el amor de dios,* in Gottes Namen, dann lass uns halt hinfahren. Vor Ort kapiert man so etwas meist besser. – Ich ruf Ricardo an. Vielleicht hat er Zeit."

Ricardo hatte Zeit. Ricardo hatte einen guten Riecher. Ricardo hatte nämlich die Unterlagen schon bei sich auf dem Schreibtisch liegen und sich seine Gedanken gemacht.

„Du kannst davon ausgehen, dass es keine Leiche ist", meinte er und Miguel hörte im Hintergrund die Papiere rascheln, „es handelt sich wohl um alte Ölfässer. Warum du allerdings da hinsollst, kann ich dir auch nicht sagen. Aber ich mache mit euch gerne einen Ausflug. Ich blicke auf meinem Schreibtisch gerade ohnehin nicht durch. – Bin gleich unten."

Das *Gleich* dauerte zehn Minuten und Ricardo stand mit einem dicken Koffer neben ihnen. Miguel starrte auf das Trumm.

„Um eine Urlaubsreise handelt es sich nicht. Bestenfalls – wie du es gesagt hast, um einen Ausflug."

Ricardo schnaubte, dachte *Dilletant* und erwiderte:

„*¡Cachondo!* Scherzkeks. Da sind Schäufelchen und Eimerchen und Förmchen drin. Du weißt doch, dass ich am Strand immer gerne im Sand spiele. Im Übrigen sind weite Reisen gerade so gut wie nicht möglich. Falls du es nicht schon weißt. – Und überhaupt, wie geht's deiner neuen Liebe? Krise?"

„Andreu, du bist ein Waschweib", stöhnte Miguel.

30. September, 8 Uhr 45

Ivan musste einen Zwilling haben. Zwar nicht eineiig, aber genauso gepolt. Während dieser Zwilling Inés den neuen Arbeitsplatz zeigte, schaute er nämlich die ganze Zeit auf ihre Brüste. Vielmehr auf die entsprechende Stelle ihres Shirts. Fast erwartete sie, dass ihm eine Spur Speichel aus dem Mundwinkel tropfte. Als würde sie trotz der Hitze frieren, fädelte sie im Nebenbei und kopfnickend – sie wollte wenigstens interessiert tun – den Reißverschluss ihrer Jacke ein und zog ihn hoch. Der Blick des neuen Kollegen, ein dunkelhaariger Mittdreißiger mit Stoppelfrisur und einem Gesicht, das voller Pockennarben zu sein schien, blieb trotzdem ohne Reaktion bei ihr dort oben haften. Ein Typ, mit dem sie lieber kein Feierabendbierchen trinken wollte.

„Du kannst Jaumes Schreibtisch haben. Der steht zwar etwas abseits, aber er mochte es, wenn er seine Ruhe hatte. Mehr als drei Tische passen sowieso hier nicht rein und zurzeit ist es ohnehin relativ ruhig. Da hat jeder seine Ruhe. Das Virus hat auch seine Vorteile. Nur ein paar Schlägereien, Besoffene und Idioten, die immer noch versuchen von Balkon zu Balkon zu hüpfen. Die sind alle lebensmüde. Letzte Woche hat es wieder mal einer nicht geschafft – jetzt liegt er im Krankenhaus. Doppelter Beinbruch. Solche müssen wir also auch noch durchfüttern. Reicht ja nicht, dass genug

Idioten Infizierte spielen und Urlaub im Krankenhaus machen. So ein Virus hatte ich auch mal. Nach zweimal Klo war alles gut. Was soll der Blödsinn also?"

Seine politische Meinung tat er also auch gleich mal kund. Das Virus wurde mit einem Satz zum Schauspiel erklärt. Inés verzog das Gesicht.

„Wir sind hier öfter draußen als ihr in der Burg", fuhr er fort, „ab und zu helfen wir aus. Im Moment häufiger. Hier werden wir nicht gebraucht und in der Stadt sind ein paar Kollegen in Quarantäne. Na ja. Deshalb sind die beiden anderen Plätze auch leer. Die Kollegen sind in der Stadt. Kann also sein, dass ..."

Den Rest ließ er bedeutungsvoll unausgesprochen und schaute sie zum ersten Mal an. Hing da nicht tatsächlich ein Tropfen Speichel? Das konnte ja heiter werden! Seine Augen flirrten unaufhörlich hin und her. Wahrscheinlich war das der Grund, warum er ihr nicht in die Augen sehen konnte. So ein Blick machte nervös.

„Das heißt, wir laufen hier häufiger Streife?" Inés bemühte sich um einen sanften Tonfall.

„Ja, zusammen mit den Kollegen der *Policía Local*. Sozusagen als Strandwache." Sein Lachen klang entgegen ihrer Erwartung sympathischer, als sein forschender Blick erwarten ließ, und nicht blechern und aufgesetzt. „Sie hatten ja unlängst das Vergnügen mit zwei jungen betrunkenen Holländern, die den Strand mit ihrem Gettoblaster beschallen wollten. So haben das die Kollegen der *Local* zumindest mir erzählt."

Inés grinste, ihre Art des Eingreifens war also schon bekannt. Grinsend strich sie über die Oberfläche ihres neuen, aber genauso abgenutzten Schreibtischs, wie es der in der *Simó Ballester* gewesen war.

„Einige haben es halt immer noch nicht kapiert. Und wir kriegen von den Anwohnern dauernd einen auf den Deckel. Aber was sollen vier Mann, wenn die anderen zu tun haben, gegen dreißig, vierzig oder fünfzig saufende Jugendliche ausrichten können, wenn die sich mitten in der Nacht mutig getrunken mit ihren halb vollen Flaschen auf sie stürzen."

„Hab' ich in unserer Burg nichts von mitbekommen, muss ich zugeben", erwiderte Inés kleinlaut.

„Wie auch? Ihr habt mit denen in der Stadt zu tun. Hier war jedenfalls am letzten Samstag die Hölle los. Über einhundert Mal haben die Kollegen Personalien festgehalten. Insgesamt waren das am Wochenende dann 141 Fahrzeuge und 223 Personen. Die Verfahren müssen erst mal alle bearbeitet werden können. Wir haben ja sonst nichts zu tun."

Inés kratzte sich am Kopf und schnaufte. Sie hätte also doch zu tun. Von wegen nur ein paar Schlägereien.

„Ach, unerlaubten Drogenbesitz und zwei Festnahmen wegen Motorraddiebstahl hat es auch noch gegeben. Ich glaube, das wars."

Nun kratzte sich Ivans Double am Kopf und meinte mit gerunzelter Stirn noch:

„Ansonsten muss ich Ihnen ja wohl nichts beibringen, Sie haben ja schon ein paar Jahre Erfahrung. Routine ist immer gut. Die können wir hier brauchen. Nachher kommt Darder i Font, unser Chef. Der verteilt allmorgendlich die aktuellen Aufgaben. Zurzeit hängt allerdings nichts Besonderes an. Das Wichtigste hab' ich in der Mappe da zusammengestellt. Damit wären Sie auf dem Laufenden." Er unterbrach, zeigte auf den Schreibtisch und kratzte sich noch mal am Kopf. Er war immer noch nicht fertig und schob mit einem Räuspern hinterher:

„Im Übrigen duzen wir uns alle. Ich heiße Pedro. – Ich lass dich dann mal dich hier einrichten. – Ach ja, nebenan steht der Kaffeeautomat. Ohne den geht gar nichts. Pünktlich kommt hier nämlich keiner raus. Wie will man das sonst überleben?"

Wieder lachte er leise, wagte einen letzten Blick auf die obere Hälfte ihrer Jacke und schob ab. Der Schnellste war er auch nicht. Irgendwie musste man ja seinen Tag rumkriegen, fiel ihr ein. Obwohl, über Langeweile konnte sich hier doch keiner beschweren. Aber solche Sachen wie am Wochenende wurden wohl unter *Gewöhnlich* abgeheftet und zu den anderen Ordnern gestellt, bis jemand das Material für die Verfahren brauchte. Das konnte dauern.

Sie schaute sich im Raum um. Der war genauso steril wie die Büros in der Burg. An den Wänden ein großer Kalender, der Einsatzplan, die neuesten Berichte, Bilder von Gesuchten und diverse Anweisungen. Lediglich auf den Schreibtischen standen ein paar wenige persönliche Dinge. Bilderrähmchen mit Frauen, Kindern und Familie, einer mit lauter jungen Mädchen. Hübsche Dinger. 14, 15 Jahre alt. Inés hoffte Töchter des betreffenden Kollegen. Ausgerechnet auf diesem Platz lagen drei Stifte fein säuberlich nebeneinander, Kugelschreiber, Edding, Bleistifte, deren Enden allerdings abgenagt, ja fast durchgebissen waren. Es passte zu der Vorstellung, die Inés von der Person hatte. Auf dem anderen Tisch Spielzeug von Kindern, kleine Legomodelle oder Aufziehautos sowie bestenfalls als originell zu bezeichnende Tassen, die sie wiederum alles andere als originell fand. Weibliche Brüste in Form einer Tasse zeugten eher von Defiziten und Wunschvorstellungen. Es war nicht anders als in der *Simó Ballester,* wo die Männer häufig dämliche Kommentare abgaben. Was die mit Frauen zu tun pflegten, war nicht mal die Hälfte ihrer Angebereien wert. Vor allem sicher nicht für die eigenen Frauen. Wer solche Tassen hat, dem fehlte es nicht nur an Gefühlen. Das Gesicht verziehend setzte sie sich auf ihren Stuhl, der prompt genauso quietschte wie der an ihrem alten Schreibtisch. Wieder dachte sie: Das kann ja heiter werden!

Inés zog die Papiere aus dem Umschlag. Auf dem ersten Blatt klebte ein Post-it mit dem Auftrag: *Bitte hier noch unterschreiben!* In Klammern: *Die Kollegen haben Ihre Aussage als Zeugin aufgenommen.* Es war das, wovon Kollege Pedro gerade gesprochen hatte. Der Fall Gettoblaster. Inés zog die Augenbrauen hoch – Zeugin –, überflog daher nur das Blatt und unterschrieb. Die nächste Seite ließ sie schon wieder stutzen. Es ging um die Garage in der *Germà Bianor.* Miguels Fall. Schon nach wenigen Zeilen las sie seinen Namen und sah ihn in ihren Gedanken in irgendeiner Garage stehen und nach Spuren suchen. Sofort waren ihr seine Art, seine Bewegungen und seine Sprüche präsent und sie musste seufzen. Er würde hier für Ordnung sorgen und im gleichen Moment wusste sie nicht, für welche. Es waren drei Blätter.

Sie lehnte sich auf dem quietschenden Ding zurück und las die Zeilen genauer. Miguels Text war das nicht. So viel war ihr nach wenigen Zeilen schon klar. Das hier waren lange Sätze ohne Inhalt. Der Kollege hatte in den Stunden, *Wie schreibt man einen Bericht,* wohl durch Abwesenheit geglänzt. Immerhin war ihr nach zwei Seiten Text klar, dass man allein dort mehrere gestohlene Handys, passende Verpackungen und auch mehrere Kilo Rauschgift verschiedener Art gefunden hatte. Die Beute von organisierten Taschendieben und Hehlern. Gute Arbeit, Miguel! Sie nickte anerkennend. Jetzt musste man nur noch abwarten und herausfinden, ob der Fall nicht sogar größer als Mallorca war.

Der Rest waren Besoffene, Taschendiebe, drei Randalierer, zwei selbstmörderische Balkonspringer, mehrere Jugendliche – wie diese zwei Holländer –, die nicht wussten, wie man sich in Zeiten des Virus zu verhalten hatte, Notizen über ein paar Typen am Wochenende und das mit den zwei Grapschern. Alles durchweg Touristen aus Deutschland, den Niederlanden, England und Österreich. Einer von ihnen saß seit gestern ein. Sein Opfer, eine Sechzehnjährige. Ihre Aussage war, spät in der Nacht auf dem Weg ins Hotel zunächst angemacht und dann missbraucht worden zu sein. Der kurze Bericht eines Arztes bestätigte Sperma, Würgemale sowie blaue Flecken, die wohl durch besonders heftige Griffe, vielleicht Schläge, zustande gekommen waren. Missbrauch klang in diesem Fall dann wohl zu beschönigend. Selbst wenn bei dem Mädchen noch ein guter Alkoholspiegel vorhanden war, war das nichts anderes eine Vergewaltigung gewesen, egal, was getrunken wurde, egal, welche Ausreden der Typ dafür hatte. *Sie hat mitgemacht. Sie hat das provoziert. Es konnte ihr nicht heftig genug sein.*

„Prima!", sagte sie halblaut vor sich hin und wäre am liebsten aufgestanden, um diesem Idioten einen Besuch in seiner Zelle abzustatten und ihm das Knie ins Gesicht zu rammen. Sofort fiel ihr der Fall mit der Klosterschülerin ein, damals, als Miguel in das Team kam und ihre Stelle übernahm, die sie gerne selbst gehabt hätte, und regte sich natürlich auch jetzt wieder darüber auf, wie die Kollegen in der *Simó Ballester* sich diesbezüglich unterhalten hatten. *Klosterschülerin,* so nannten sie den Fall mit der grausam zugerichteten Mädchenleiche.

„Bist du die Neue?", hörte sie eine raue, aber weibliche Stimme sagen und Inés blickte auf. Wäre es ein Mann gewesen, hätte sie gedacht, ein Hüne stünde nun im Raum, aber sie war sich unsicher, ob es für dieses Wort eine weibliche Version gab. Vielleicht *giganta.* Ja, das würde passen. Die blaue *giganta* füllte mit einem athletischen Körper mühelos den Platz unter der Tür.

Ihre brünetten Haare genauso kurz wie bei dem Kollegen zuvor. Ein grinsendes, fast männlich herb wirkendes Gesicht, das von einer etwas zu breiten Nase bestimmt wurde. Aber kein Kaugummikauen und ihre grünen, lustig blinkenden Augen wollten in dieses Aussehen auch nicht so recht passen. Inés' Blick war erstaunt genug, sodass die *giganta* in Uniform lachte.

„Valeria. – Die Starke also. Ich war schon bei meiner Geburt etwas größer als die anderen Babys geraten. 57 Zentimeter und viereinhalb Kilo. Das Wachsen ließ sich in all den Jahren einfach nicht aufhalten. Der Typ in der Zelle …", sie deutete auf das Blatt in Inés' Hand, „… kennt meinen Namen nun auch."
Valeria schlug ihre rechte Hand, zur Faust geworden, ein paar Mal in die andere Handfläche und grinste. Dann zog sie sich einen Stuhl heran und setzte sich Inés gegenüber.

„Endlich wieder 'ne Frau. Wir zwei müssen den Kerlen hier zeigen, wo es langgeht. Okay? – Die halten sich sonst für weiß Gott was."
Damit streckte sie, nein, schoss sie ihre rechte Hand vor, um sie Inés zu reichen.

„Wir können ja mal zusammen einen Kaffee trinken gehen", meinte Inés und ergriff lachend Valerias Hand, „und uns über die Vorgehensweise unterhalten. Ich hätte da die ein oder andere Idee."
Valeria stand auf und pikte mit einem Finger durch die Luft in Inés' Richtung.

„Genau so machen wir es. Aber nicht das Gesöff vom Gang. Und wenn Darder i Font sich auf den Kopf stellt, meinen trinke ich immer vorne am Strand, im *Pao Pao* oder am *Balneario 11* und schau gleichzeitig nach dem Rechten. Das macht zurzeit besonders viel Spaß", wieder haute sie die Faust in die Handfläche, „gibt genug Hohlbirnen, für die Vernunft ein Fremdwort ist."

Nun kniff sie die Augen etwas zusammen, lief ausgerechnet zu dem Tisch mit den abgenagten Stiften und Mädchenbildern hinüber und meinte:

„Kann es sein, dass ich dich da vor ein paar Tagen mit deinem ...", sie versuchte die Situation richtig einzuschätzen, „... Freund gesehen habe?"
Inés hob gleich aus zwei Gründen ihre Augenbrauen. Abgenagte Stifte und Ramon. In ihrem Kopf purzelten ertappt worden zu sein und psychologische Analyse durcheinander. Valeria kam ihr zuvor:

„Gratuliere!" Sie verzog augenzwinkernd das Gesicht. „Könnte mir auch gefallen. Hab' ihn dort schon ein paar Mal gesehen. Er rettet ja Leben. Warum also nicht auch deines?! Ich gönne ihn dir, denn ich glaube nicht, dass er unter meinem Arm verhungern wollte. Leider ist er zu klein. Ich brauche so was wie 'nen Basketballer. 'nen Zwei-Meter-Typen oder so. Finde so etwas mal!?"
Gleichzeitig blätterte sie in ein paar Papieren herum und steckte sich einen Kugelschreiber zwischen die Lippen. Der wanderte mithilfe ihrer Zähne von der linken in die rechte Ecke des Mundes und wieder zurück. Mit dem Edding strich sie sich etwas in ihren Unterlagen an und nahm das nächste Blatt. Das Klackern würde Inés auf Dauer nervös machen, schien Valeria aber zu beruhigen.

„Er ist etwas jünger als ich", glaubte Inés erklären zu müssen.

„Ich weiß", erwiderte Valeria lapidar. Der Kugelschreiber hatte sicher die zwanzigste Runde hinter sich und der Edding die fünfte oder sechste Stelle gekennzeichnet, „acht Jahre. Scheißegal! Sollte heutzutage ja wohl keine Rolle mehr spielen, oder? Hauptsache, er kommt gut mit deinen Jungs aus. – Und du siehst ja fulminant aus. Die Nächte dürften also gesichert sein."

Valeria sah grienend zu ihr rüber und Inés schoss die Wärme ins Gesicht. Auf die Nächte würde sie nicht eingehen. Aber fulminant. Das war neu. Das bisherige Maximum hieß gut oder hübsch oder geil. Zu mehr waren Männer nicht fähig. Fulminant klang gut, nicht nach Sex. Geschmeichelt schaute sie zu einem der Fenster hinaus, soweit das die senkrecht stehenden Lamellen, die vor der morgendlichen Sonne schützten, zuließen.

„Danke! – Ja, acht Jahre. Er ist wie ein großer Bruder für die zwei. Diego ist schon 16 und Rafael 14 geworden. Die freuen sich, endlich eigene Zimmer zu haben." Valeria nickte wissend. Ihr Vater wohnte zwei Stock unter Inés. Er war der *comisario* in der *Carrer Cuba.* Er hatte Bericht erstattet. Sie würde es ihr bei einem Kaffee sagen.

„Und? Wann wird geheiratet? 'ne gemeinsame Wohnung habt ihr ja schon mal."
Geheiratet? Gemeinsame Wohnung? Die hatte sie allein gemietet. Die Zeiten waren vorbei, in denen eine Frau noch die Unterschrift eines oder ihres Mannes dafür brauchte. Wie ihre Großmutter, die in den Fünfzigerjahren ihren Führerschein nur mit einer beglaubigten *fe de soltería,* einer Ledigkeitsbescheinigung, machen durfte. Wäre sie verheiratet gewesen, hätte sie ihn gar nicht machen dürfen. Inés stutzte und strich sich wieder einmal automatisch über den Bauch. Von heiraten war nicht die Rede gewesen. Die vorerst gültige Formel hieß zusammen – leben.

„Wir wohnen jetzt erst mal zusammen. Er ist ja nicht der Grund für die neue Wohnung. Irgendwann kann man der eigenen Mutter nicht mehr auf den Wecker fallen. Die hat die letzten Jahre schon genug für uns getan. Und dann kam halt noch die Sache mit Miguel dazu."
Nun zuckte sie mit den Schultern und tat, als wenn auch sie sich den Blättern auf dem Schreibtisch vor sich

widmen würde. Keine zwei Stunden am neuen Arbeitsplatz und sie hatte das Gefühl, über ihrem Doppelbett wäre eine Kamera installiert. Valeria nickte und der Kugelschreiber machte leise klack, klick, klack.

„Ein Neustart also. Der Job hier wird helfen und dich auf andere Gedanken bringen."

Rate mal, warum ich mich so entschieden habe, dachte Inés, schaute auf und lenkte von dem Thema ab:

„Und die Mädels auf den Fotos?" Inés deutete auf die Bilderrahmen auf dem Schreibtisch und hatte den Eindruck, dass der Kugelschreiber jetzt richtig Fahrt aufgenommen hatte. Klack – linke Seite – klick – rechte Seite – und wieder klack …

„Erklär ich dir mal nachher bei 'nem Kaffee."

30. September, 9 Uhr 10

„Wären wir nicht schneller über Calvia?", fragte Sanchez Olivero Andreu, der einen Jeep aus dem überalterten Fuhrpark der *CNP* organisiert hatte, der überraschend neu war. Nicht mal fünf Jahre alt.

„Klar. Wäre viel schneller gewesen. Aber erstens machen wir einen Ausflug und zweitens, wann darf ich schon mal so ein Ding fahren? Der ist ja so gut wie neu. Ich war ja bislang nur euer Bürohocker. Jetzt darf ich regelmäßig mit! – Oder?"

Ricardo boxte ihm von hinten ins Kreuz und lachte.

„Manchmal haben solche Krisen auch ihre Vorteile." Dafür kassierte er von Miguel einen gestreckten Mittelfinger und bekam ein paar passende Worte an den Kopf geschmissen. Vielleicht hatte Inés recht und die Männerwelt hier war ein wenig wirr im Kopf. Sie hatte sich oft genug über die Sprüche geärgert. Gerade fuhren sie über die Brücke am riesigen Verteiler am *Son Espases*, dem Krankenhaus, Richtung Esporles und Miguel seufzte ein weiteres Mal in sich hinein. Vor einer Woche war er noch mit ihr hier gewesen, um den Leichnam von dem Betonmischer aus Argentinien beziehungsweise Italien zu identifizieren. Kein schöner Anblick. Aber der Teil des Abschlusses des Falls *Más Mallorca.* An Andreu vorbeischauend meinte er:

„Heute hat Inés ihren ersten Tag."

„Scheiße?", fragten Andreu und Ricardo im Chor. Miguel zuckte mit den Schultern.

„Eher seltsam", erwiderte er, „wie schnell sich manchmal alles ändert. – Ich kann mich ja nicht einmal beschweren. Trotzdem ...", er drehte sich zu Ricardo um, „... war ja immerhin eine ... intensive Zeit."

„Die Stationen im Leben ähneln manchmal denen in meinem Job. Hinterher weiß man immer, was falsch gelaufen ist."

Miguel tippte sich wieder an den Kopf.

„Gott bewahre mich vor Psychologen und Pathologen."

Ohne eine Antwort abzuwarten, wollte er von Ricardo wissen:

„Was wird uns erwarten? Du hast dir doch die Unterlagen auch angesehen?"

„Wenn die *aceitunas,* die lieben Kollegen also, richtig geschaut haben, werden es fünf Eimer sein, die mit Scheiße gefüllt sind. Irgendetwas in Öl Eingelegtes oder eine dickflüssige übel riechende Brühe sickert heraus. Was weiß ich. Deshalb habt ihr mich ja mitgenommen, oder? – Ich probier' den Inhalt der Fässer, schmier mir es auf eine Scheibe Brot und ihr guckt schönen Wanderinnen hinterher."

Mittlerweile waren sie am letzten Verteiler Richtung Esporles abgebogen und Andreu deutete nach vorne.

„Gleich fahren wir durch gefährliches und unsicheres Gelände. Esporles. Unsere Kollegen haben zu tun.

Serieneinbrecher, deutsche Brandstifter, eine Kanadierin, deren Kind wohl entführt werden sollte, und unlängst ein totes, schon fast verwestes Ehepaar um die fünfzig. Ganz schön viel für so einen kleinen Ort."

„Das Letztere war wohl eine Familientragödie", erwiderte Miguel. „Ziemlich unschön. Lebten vollkommen zurückgezogen. Ohne Aufsehen zu erregen. Im Ort nannte man sie altgewordene Aussteiger." Er wendete sich wieder an Ricardo. „Was hattest du vorhin gesagt? Hinterher weiß man immer, was falsch gelaufen ist. In dieser Beziehung dann doch wohl so einiges, ohne dass irgendjemand was mitbekommen hat. – Heißt es. Und ob das mit der Kanadierin so stimmt? Wir haben keine Zeugen, nur die Schilderung des Mädchens. Vielleicht läuft in dieser Familie auch etwas schief und das Kind wollte endlich die Aufmerksamkeit, die ihre dauerurlaubenden Eltern ihr nicht gaben. Nachbarn behaupten, sie wäre oft allein zu Hause gewesen. Die Gonzalez hat in ein paar Gesprächen versucht an die Wahrheit heranzukommen."

„Fabiola?", warf Andreu ein. „Die erschreckt doch das Mädchen. Deren Art ist wirklich gewöhnungsbedürftig."

„Die mit ihr zusammenarbeiten, sind ganz begeistert. Elena meinte auch, sie hätte die Gabe, aus den Betroffenen viel herauszuholen, ohne weiter zu verletzen. Das ist wichtiger, als ihre Art auf uns wirkt. Sie hat das mal mitbekommen. Ich kann dazu nicht viel sagen. Ich kenn sie nicht besonders gut. Aber wenn das Mädchen gelogen hat, braucht es keine Schonung."

Am Hofgut *La Granja*, das seit Jahrzehnten ein Museum war, an dem im Gegensatz zu normalen Urlaubssaisons jetzt kein einziger Bus stand und, soweit er wusste, auch keine Führungen durch das historische Gebäude stattfanden, sondern nur eine abgezählte Besucherzahl erlaubt war – auch hier sorgte das Virus also für eine lang anhaltende Flaute –, bogen sie nach Puigpunyent ab. Sanchez Olivero richtete sich nach ein paar Hundert Metern schmaler Strecke auf. Der Nissan Patrol schien ihm doppelt so breit zu sein wie die Straße. Selbst mit seinem Twingo würde er hier nicht unbedingt fahren wollen. Prompt kam ihnen nun auch noch ein Ducato-Lieferwagen entgegen. Andreu fuhr jedoch ungebremst an diesem vorbei und Miguel hob die Hände und zog scharf die Luft ein.

„Dein kleiner Twingo wäre wohl aus Angst zur Seite gehüpft und im Straßenrand versunken", stellte Andreu in aller Seelenruhe fest.

In dieser Seelenruhe war er weitergefahren und sie hatten das Hofgut *Son Vich de Superna* passiert. Miguel ließ die Hände wieder sinken.

„Die machen gute Weine", meinte wieder Andreu, „Ximena liebt den weißen *Marges*. Schmeckt mir auch. Ich bring mal eine mit. Elena wird ihn auch mögen."

Die Straße wurde kurviger und Andreu verringerte das Tempo nur unwesentlich. Erst vor einer scharfen Linkskurve bremste er ab und Miguel beugte sich vor und schaute auf die in einem steilen Hang klebenden hellen, fast weißen Häuser von *Son Noguera,* die nun auf der linken Seite vor ihnen auftauchten. Die von der Sonne beschienenen Seiten der Gebäude sahen wie glitzernder Zucker aus. Eine Handvoll Ziegen sahen ihnen gleichgültig und mampfend hinterher. Ein paar Minuten später folgte der Pass *Coll des Grau.* Sanchez Olivero wischte sich mit einem Tuch die Stirn ab und versuchte sich zu erinnern, wann er das letzte Mal gefahren worden war. Die Optik vom Beifahrersitz gefiel ihm jedenfalls nicht. Dann sah er die Serpentinen vor sich, die sich durch Bäume einen steilen Berg hinunterwanden. Kurz stöhnte er auf.

„Mein Großvater hatte hier mal ein Grundstück mit Hühnern und ein paar Schweinen, die nichts anders fraßen als das, was sie in dem kaum vorhandenen Wald gefunden haben", erzählte nun Ricardo von hinten. Es sollte wohl beruhigend wirken. „Damals stand außer ein paar wenigen großen Exemplaren kein einziger Baum hier. Die Köhler haben alle für das Kalkbrennen abgeholzt. Ist schon über hundert Jahre her. Den Wald hier gibt's erst höchstens seit fünfzig oder sechzig Jahren. Jetzt kannst du in ihm noch ein paar Sitjas finden. Runde Plätze, auf denen sie das Holz aufgetürmt haben."

Er tippte an Miguels Schultern und wies nach unten.

„Da siehst du noch ein paar Mauern. Er war dann zu krank und konnte sich nicht mehr darum kümmern und meine Oma erst recht nicht. Außer den Tieren wollte niemand was haben. Auch meine Eltern nicht. Wer braucht schon alte Töpfe oder noch älteres Geschirr. Es gab nichts im Haushalt, was es wert gewesen wäre, aufgehoben zu werden. Souvenirs und Andenken ...", er zuckte mit den Schultern, „wer braucht schon so etwas? Also verfiel das Ganze. Jetzt ist es ohnehin nicht mehr zu retten. Die Steine, die man brauchen konnte, sind abgetragen und woanders verbaut."

Der Nissan glitt um die nächste Spitzkehre und Miguel machte komische Geräusche. Andreu grinste.

„Und normalerweise überholen dich hier noch Radfahrer zu Dutzenden oder kommen dir wackelnd in den Kurven auf deiner Seite entgegen. Bisweilen ein netter Anblick, wenn's *guapas* sind. Trotzdem alles Selbstmörder, sag ich dir. Mir reicht's schon, wenn ich mit meiner Suzuki hier entlangfahre. Muss ich aber, wenn ich mit Ximena in Galilea einen Kaffee trinken will. Könnte ja auch andersrum fahren. Aber sie liebt solche Strecken", warf Andreu noch ein.

Endlich fuhren sie durch Puigpunyent und Miguel atmete etwas auf. Der Nissan erregte bei einer Gruppe Kids für Aufsehen und Andreu tat langsam und schaltete zu deren Freude kurz das Blaulicht ein. Man jubelte ihm zu und er winkte zurück. Fast am Ortsausgang zeigte Sanchez Olivero auf die Bar *La Vila*.

„Die kenn' ich. Die machen einen guten Kaffee. Ich könnte nämlich jetzt einen Cortado brauchen."
Andreu rumpelte auf den Bürgersteig und blieb dicht vor einer Platane stehen.

„Das mache ich doch gerne. Du gibst einen aus?"

~~~

Eine halbe Stunde später – Andreu hatte entweder eine andere Fahrweise angenommen oder der Cortado die erhoffte Wirkung – blieb Andreu bei einem Fahrzeug der *Guardia*, das auf der kurvenreichen Strecke unterhalb von Galilea auf der rechten Seite fast an einer Felswand klebte, stehen. Nach einem kurzen Wortwechsel und Rangieren fuhren sie auf der anderen Straßenseite zwischen ein paar Häusern eine steile Abfahrt hinunter, die auch als Wanderweg gekennzeichnet war. Unten angekommen, ging es für Miguel einen viel zu holprigen Weg weiter. Der Cortado hatte schlagartig seine Wirkung verloren. Irgendwann bog Andreu rechts ab und der Weg wurde breiter.

„Ach, wie bestellt", sagte Andreu plötzlich, weil er schon etwas entdeckt hatte, was die anderen beiden wohl noch nicht sahen, bremste ab und fuhr langsam auf zwei junge Wanderinnen in knappen Kleidern zu, „hatten wir's nicht davon? Haben wir Glück, dass es noch so warm ist, oder? – Ist das nicht geil?"
Und Ricardo meinte mit hochgezogenen Augenbrauen von hinten:

„Gut, dass Inés nicht dabei ist und das hört."
Und Miguel dachte an Elena, als er die eher kleinen und schlanken Mädchen sah. Ihre Pos waren zugegebenermaßen schön. Andreu fuhr langsam an den beiden vorbei und blieb stehen, ließ das Fenster runtersurren und lehnte sich raus. Auf Englisch fragte er:

„*Where are you bound?*"

Als wäre es die Höchststrafe, erhielt er:

„*A Calvia ¡idiota!*", im perfekten Spanisch von der mit langen blonden Haaren und einem bunten Stirnband als Antwort. Er schlüpfte in den Wagen zurück, lächelte mühsam und erklärte:

„Trotzdem geile Hintern, oder?"

Ein paar Hundert Meter weiter, wies ihn ein weiterer *Guardia-Civil*-Beamter nach rechts in einen Weg. Sekunden später blieben sie vor einer Hütte stehen, die kaum noch als solche zu erkennen war, und stiegen aus. Der Gestank war bis hierhin zu riechen. Miguel schüttelte den Kopf.

„Und das ist den Leuten hier erst heute aufgefallen?"

„Nein, schon vor ein paar Tagen. Anfang der Woche", antwortete einer der Polizisten, „aber die dachten, das geht vorbei."

Sanchez Olivero hielt sich die Hand vors Gesicht und ließ sie ein paar Meter später wieder sinken. Der Gestank fand so oder so den Weg zu seiner Nase.

„So riecht doch keine Leiche, oder?", befand er und ging zu den Fässern hinüber. Die beiden anderen im Schlepptau. War Andreu vor fünf Minuten noch ganz euphorisch wegen der beiden Mädchen, so war sein Gesicht nun bleich wie ein Stück Papier. Allerdings entspannte sich sein Gesichtsausdruck sofort, als er hörte, nun sicher keine Leichenteile zu sehen. Trotzdem meinte er hustend:

„Es reicht, glaub ich, wenn ihr euch das anseht."

„Feigling!", raunzte ihn Ricardo an, zog sich Handschuhe über und ging zu den blauen Fässern.

„Sieht aus wie Abfälle", meinte er über die Brühe gebeugt, die aus dem aufgeplatzten Fass quoll, „was haben wir damit zu tun?"

Ein *cabo primero* mit einem gasmaskenähnlichen Ding über dem Gesicht kam, deutete stumm auf eines der anderen Fässer und machte eine unbestimmt kreisende Bewegung mit einer Hand. Sanchez Olivero schaute sich eines der Fässer genauer an. Man hatte diese wohl nachträglich mit blauer Farbe lackiert, aber unter einem abgeblätterten Stück konnte man *Hnos. Garcia, Palma* – Gebrüder Garcia, Palma – lesen. Ricardo und Miguel zogen die Augenbrauen hoch und schauten sich an.

„Na und? Das sind Ölfässer. Wahrscheinlich vom Hafen. Ist das nicht eigentlich euer Revier?", fragte er und der *cabo primero* zuckte mit der Schulter. Sprechen konnte der wohl auch nicht.

„Wann dieses Gerangel um Kompetenzen endlich mal aufhört? Wir kriegen stinkende Fässer und die die Schmuggler und Mörder. Wie im Fernsehen, bei *Índice de miseria*", erboste sich Ricardo leise und beugte sich noch tiefer hinunter. Mit einer Hand stieß er in die herausgequollene Masse und hörte hinter sich Andreu stöhnen. Er lachte laut auf und meinte:

„Mach ich auch, wenn ich Leichen untersuche. Sieh mal! Da hinten laufen deine Mädels", erklärte er nun belustigt in dessen Richtung und holte eine Handvoll von dem Zeug heraus. Ein wenig von dem verrieb er in der freien Handfläche. Schon nach einem kurzen Augenblick wendete er sich an Miguel.

„Soll ich dir sagen, wie das aussieht? Wie diese Schmierwurst, diese Sobrassada. Ich nehme was mit und untersuche das Zeug genauer." Dann zu den beiden *Guardia*-Typen:

„Ihr habt natürlich nur das Fass hier offen, oder? In die anderen habt ihr nicht geschaut?!"

Er erhielt ein synchrones Kopfschütteln und Sanchez Olivero ergänzte Ricardos Gedankengang.

„Verstehe. Könnte ja sein, dass in denen damit etwas versteckt wurde."

Und mit einem unmissverständlichen Ton an die beiden Polizisten gewendet:

„Wenn Sie also so freundlich wären und die Fässer leeren würden."

Ein verwirrtes Lächeln musste als Antwort genügen und es war klar, dass die *CNP*, und nicht sie, die Fässer abzuholen und zu untersuchen hatte.

„Bringen tut ihr sie uns, kapiert? Ihr habt die Laster dazu. Wir nicht. – Und – sprechen kann helfen."

Dann zog er sein Handy heraus und machte Fotos.

30. September, 12 Uhr 30

„Für die Kollegen ist das die an Mädchen reiche Verwandtschaft ..."

Während sie zu den Spinden im Nebenraum gingen, zog Valeria einen der kleinen Rahmen aus ihrer bunten Eysee-Handtasche heraus, die ganz fremd an ihr aussah. Ein Erkundungsgang stand an, wie Darder i Font es zuvor nannte: *Ist ja nicht schlecht, wenn Sie so schnell wie möglich ihr neues Einsatzgebiet kennenlernen. Valeria ist dafür bestens geeignet. Einige Unverbesserliche haben schon Bekanntschaft mit ihr gemacht. Ich befürchte es werden noch mehr.* Dann nahm sie die übrigen Bilder auch aus den Rähmchen und schob sie in eine Innentasche ihrer Uniformjacke. Ohne Pause redete sie weiter, als sie nach draußen gingen, um das Einsatzgebiet zu inspizieren. Währenddessen gab sie Inés nacheinander die nächsten Fotos:

„Wie gesagt. Das hier ist also eine meiner Cousinen, das eine weitere und das eine alte Schulkameradin, eine Freundin, die leider früh gestorben ist. – Ich denke, ich kann auf deine Verschwiegenheit zählen." Plötzlich blieb sie stehen und zögerte einen Augenblick, bevor sie fortfuhr: „Ich kenne keine davon. – Die Bilder habe ich nämlich aus dem Internet."

Grinsend nahm Valeria Inés die drei Bilder aus der Hand, die den Bildern verwundert hinterhersah, als diese wieder in Valerias Uniformjacke verschwanden. Welche Ausreden manchmal ein Leben brauchte! Minuten später waren sie an der Promenade der Playa de Palma angekommen. Der Betrieb am Strand vor ihnen sah lustig aus aus. Was früher einer Sardinenbüchse glich, ähnelte nun einem Flickenteppich. Sicherheitsabstand war das Zauberwort. Kurz darauf betraten sie das Café. Irgendeine Entgegnung auf Valerias Bilder war Inés bislang nicht eingefallen.

„Und das hier ist für die lieben Kollegen meine Schwester, aber in Wirklichkeit tatsächlich meine beste Freundin." Valeria sah Inés etwas zweifelnd an, atmete kurz durch, bevor sie doch fortfuhr: „Wenn sie mal hier aufkreuzt, fällt es weniger auf. Eine Schwester darf die andere in den Arm nehmen."

Wieder zögerte sie einen Moment und schaute in Richtung Meer.

„Weißt du –, in meiner Situation findest du einfach keinen Mann. Deshalb brauchst du manchmal jemanden, mit dem man sich nicht nur unterhalten kann. Und bevor du irgendwelche komischen Gerüchte hörst und das Gesicht deshalb noch mehr verziehst, *diese* Aufgabe übernimmt sie auch."

Valeria zuckte unentschlossen mit den Schultern. Dann gab sie Inés schließlich auch dieses Bild, nahm stattdessen die beiden Becher Kaffee und wendete sich zum

Ausgang des *Pao Pao*. Den Kaffee konnte man auch ohne Publikum draußen trinken. Dann wurden solche Gespräche – von Frau zu Frau – vielleicht – auch einfacher. Inés schaute an der riesigen Frau hoch. Mein Gott, und wenn schon, dann halt Frau mit Frau, wahrscheinlich bleibt dir dann das ein oder andere erspart, dachte sie. Die junge Frau auf dem Foto, sportlich und etwas breitbeinig – fast sogar ein wenig viril wirkend – mit glatten dunkelbraunen Haaren, bei einer Sportveranstaltung aufgenommen, sah selbstbewusst und gut aus. Wenn das Bild aktuell war, musste sie ein paar Jahre jünger sein als Valeria. Doch das, was Valeria als *Aufgabe* sah, hatte Inés für sich nur bei Juan gesehen.

„Aber das werden die doch längst herausbekommen haben", gab Inés zurück.

„Und wenn schon. Sie würden sich sicher nicht mit ihrem dusseligen Gerede die Zunge verbrennen wollen und es groß herumposaunen. Sie wissen, was ihnen sonst blüht." Sie machte eine Pause und fuhr nach einem kurzen Moment fort: „Vor ein paar Tagen hatte der Chef mit mir gesprochen, weil er wusste, dass nach langer Zeit wieder eine weitere Frau in unser Team kommen würde. Er weiß, schon lange, was die anderen nur vermuten, und möchte, dass wir beide ein Team sind. Normalerweise sind Teams gemischt. Der Kerl soll auf die arme Kollegin aufpassen oder so. Aber ich glaube, er will damit dummes Gequatsche über Frontenbildung oder zwei Frauen gegen die Männerwelt verhindern, denn die weiter oben, seine Chefs, haben das mit meiner Freundin alles andere als gern. Abteilung *Papst* erhebt sonst Einsprüche. Und jetzt, wo ich dich kenne, finde ich seine Idee ausgesprochen gut. Außer ..."

„Dummes Gequatsche! Frontenbildung." Inés schüttelte den Kopf, trank einen Schluck von ihrem Kaffee und strich sich wieder mal über ihren Bauch. „Ist doch scheißegal, wer mit wem zusammenlebt. Hauptsache, man hat Frieden und ist glücklich. Gequatsche kenne ich auch zur Genüge. Davon gibt es genug in der Burg. Ich war …", sie wunderte sich, dass sie sofort die Vergangenheitsform verwendete, „… vor Ramon mit einem Kollegen zusammen. Das ist auch nicht besser. Man stelle sich vor, mit einem Kollegen … Meine Söhne hatten ihn schon als Vater adoptiert, ich ihn aber trotz … na ja, trotzdem nicht als meinen zukünftigen Mann. – Was ja sonst irgendwie hätte sein müssen. Auch wenn sich die anderen Kollegen den Mund darüber fusselig geredet haben und dachten, sie könnten schon die Feierlichkeiten planen."

Sie trank einen Schluck, hörte in sich hinein, aber alles blieb still, und schaute wie Valeria zuvor zwischen windzerzausten Olivenbäumen auf den überraschend leeren Strand. Die *Policía Local* schien ihren Auftrag hier gewissenhaft anzunehmen und für richtiges Benehmen zu sorgen, damit das Noro nicht wieder zuschlagen konnte. Zumindest waren gerade nirgendwo Grüppchenbildungen oder Hinterlassenschaften von irgendwelchen Partys zu sehen. Ansonsten stünden schneller als gedacht die nächsten Konsequenzen an. Valeria räusperte sich, sah zu Inés hinunter und gab zu:

„Weiß ich auch schon. *¡Perdón!* Ich hab' ein bisschen nachgefragt. Ich war neugierig auf die, die da kommt. Miguel Sanchez Olivero heißt er. Ist ein bisschen euer Aushängeschild in der Burg – und sieht zugegebenermaßen auch gut aus." Valeria zögerte und kratzte sich am Kopf, bevor sie fortfuhr:

„Ich kenn Andreu von einem Kurs. – Selbstverteidigung in prekären Einsätzen." Nun lachte sie auf und schüttelte den Kopf, als gäbe es entsprechende Erinnerungen. „Er war leutselig – und übernimmt jetzt wohl deinen Part in der Burg, ich denke aber nicht in allem."

Inés hörte das Nichtgesagte, schnaufte leise und sah erst zur Seite, dann in die leeren Becher. Sie nutzte die Gelegenheit und ging vor zur Promenade. Valeria folgte ihr ohne weiteren Kommentar und Inés schnaufte ein weiteres Mal. *Also keine Lästereien,* dachte sie. Warum auch? Sie fühlte Valerias Blick im Rücken und wieder ein wohlbekanntes Durcheinander im Kopf entstehen. Selbstverteidigung. Prekäre Situationen. Leutselige Kollegen. Vorurteile. Frau mit Frau wäre nichts für sie. Aber eine gute Freundin hatte sie in all den vergangenen Jahren auch nicht gehabt. Die ganze Zeit war sie von Männern umgeben gewesen. Und die hatten bisher ihr Leben bestimmt. Mehr im Schlechten als im Guten. Gemischte Teams wären in diesem Fall vielleicht nicht schlecht gewesen. Aber das Verhältnis war bestenfalls zwei Frauen zu vier Männern. Vielleicht würde Valeria ihr zu neuem Selbstbewusstsein verhelfen und dieses Durcheinander ordnen. Das hatte sie bitter nötig. Auch wenn Ramon es gut meinte, ihre Wohnung wollte sie schon selbst einrichten.

Links von ihnen war einer der runden Abfallkörbe. Sie warfen die leeren Becher hinein und Inés machte sich gleich die nächsten Vorwürfe. Immerhin war sie diejenige gewesen, welche ... Sie schüttelte die nächsten Gedanken mit ihrem Kopf weg, dann gingen sie weiter in Richtung *Balneario 10* und *9* und Inés lenkte mit anderen Fragen vom Thema ab. So erfuhr sie Valerias Größe, ein Meter neunundachtzig, und deren ursprünglichen Berufswunsch, Fußballerin:

„Das kannst du als Frau aber vergessen, erst recht, wenn du mit 'ner Frau zusammen bist, Kerle, die es mit 'nem Kerl haben, dürfen im Grunde ja auch nicht, weiß ich von einem Kumpel, sagen aber nix. Kommt's raus, ist die Karriere im Arsch. Selbst in der Primera División. Also hält man sein Maul."

Das stimmte. Im Fernsehen tat man aufgeklärt und zeigte in Talkshows und Dokumentationen Alibis. Den Betroffenen im normalen Leben half das nicht. Sie wurden schief angeguckt. Häufig genug war der Freundeskreis dann kleiner geworden, wenn's herauskam. Man war ausgeschlossen und suchte seine Zufluchten. In Palma gab es entsprechende Bars, die im Grunde genommen nichts anderes als Gettos waren. Und für einige lohnte es sich nach manchen Situationen nicht weiterzuleben. Die Selbstmordrate war entsprechend hoch. Und das im 21. Jahrhundert.

Es folgte noch der Name ihrer Freundin, Talisa, und dass diese nicht viel größer als Inés und nur ein Jahr jünger war als Valeria.

„Das Foto wurde vor neun Jahren gemacht, erklärte Valeria, „sie war damals erst neunzehn. Klingt vielleicht kitschig. Aber es war so 'ne Art Liebe auf den ersten Blick."

„Dann bist du ...?"
Überrascht schaute Inés nach oben, als Valeria ihr eigenes Alter nannte.

„Neunundzwanzig."
Valeria wirkte älter auf Inés. Fast sogar älter als sie. Immerhin war sie aber seit mindestens neun Jahren in einer Beziehung. Das hatte sie noch nicht geschafft. In keiner. Sie sagte es ihr und Valeria bekam daraufhin doch noch einiges über Inés' Vergangenheit heraus. Zumal sie wirklich geschickt Fragen stellen konnte.

„Da warst du schön blöd. Dem hätte ich nach spätestens ein paar Wochen den Marsch geblasen und nicht seinen Schwanz", meinte sie über Juan und Inés zuckte zusammen. „Du siehst ja, deine Jungs werden auch so groß."

30. September, 13 Uhr 50

Zu dritt suchten sie den Platz rund um die Fässer ab. Verfolgten ihre eigenen Autospuren, um sie von anderen vorhandenen unterscheiden zu können. Es gab mindestens drei.

„Wart ihr mit einem Fahrzeug hier? Oder zu Fuß?" Was für eine Frage? Natürlich mit einem Wagen.

„Und wo seid ihr rumgefahren?"

Sanchez Olivero schüttelte den Kopf. Alles musste man denen aus der Nase ziehen. Er vermisste deren Vorgesetzten, der wohl eine Stunde zuvor gemeint hatte, sie bekämen das allein hin. Die zwei *aceitunas* zeigten auf den Boden.

„Ach, ist ja was ganz Neues. Wir fahren auch selten auf Bäumen herum", meinten Ricardo und Miguel im Chor und versuchten an dieser Stelle Spuren zu lesen. Sie hofften, richtig zu liegen. Kurz vor dem geplatzten Fass war ein fast dreißig Zentimeter langer Reifenabdruck gut zu erkennen. Wahrscheinlich war das Fass schon vorher beschädigt gewesen und hatte den Boden feucht genug gemacht. Ricardo machte nach alter Manier einen Abdruck.

„Ich sag meinen Leuten Bescheid. Die holen das gleich ab. Ich denke, du bekommst bald eine Nachricht. Vielleicht heute Abend noch. Scheint ja wirklich nichts Aufregendes zu sein. – Außer die haben ein paar Leichen in den anderen Tonnen versteckt. Dann könnte ich nur guten Appetit wünschen."

Ohne die Fässer anzufassen, inspizierten sie die sichtbaren Teile. Die anderen vier schienen in Ordnung. Dicht bei diesen noch ein paar Fußabdrücke. Überraschend klein. Ricardo witzelte:

„Pygmäen, oder was? Das ist ja höchstens Schuhgröße 37."

„Oder Wanderinnen", warf Sanchez Olivero ein und deutete nach hinten. „Andreu sollte vielleicht nicht flirten, sondern fragen. Könnte ja sein, dass die Girls da drüben neugierig waren. Dann könnten wir deren Fingerabdrücke abgleichen."

„Der Jugend von heute fehlt jeglicher Ernst bei der Sache", befand Ricardo, „wir früher ..."

„Vor allem du. Das hast du doch gemeint, oder?" Miguel lachte.

„Was du immer hast?!"

Sie fanden noch ein paar Dinge, die auch ohne die Fässer nicht hierhin gehörten. Vielleicht hatten sie doch damit zu tun: zwei Fetzen Papier. Ricardo versuchte auf den dreckigen, wohl abgerissenen Schnipseln etwas zu entdecken.

„Könnte ein Adressaufkleber sein", meinte er und drehte sie hin und her, „wir werden sehen."

Dann noch eine verbogene Eisenstange. Nun witzelte er:

„Mit der haben sie die Sobrassada klein gehackt. Oder den, den sie zu Wurst verarbeitet haben."

Mit seiner Handschuhhand hielt er die verbogene Stelle genau über Miguels Kopf.

„Ich lach gleich", erwiderte Miguel mürrisch.

Und ein paar Holzlatten, die wohl eher mit der maroden Hütte zu tun hatten als mit den Fässern. Dennoch landeten sie auf der ausgebreiteten Folie im Heck des Nissans. Neben diesen sammelten sich noch Schrauben, ein paar Scherben, eine leere Wasserflasche aus Plastik und zwei leere Dosen *Estrella* an. Alles fein säuberlich in einzelne Tütchen verpackt.

„Mal sehen, welche Fingerabdrücke wir wiederfinden", meinte Ricardo, „die Gegend hier ist wie gemacht für unsere alten Bekannten."

Nun deutete er auf die Bergkuppe des Puig de na Bauça.

„Von dort oben kannst du wunderbar gucken, ob einer hinter dir her ist. Ist doch wie ein Burgberg. Und wenn's so ist, bist du dann in Nullkommanix in jede beliebige Himmelsrichtung weg."

Miguel zuckte mit den Schultern. Der Gestank ging ihm allmählich auf den Wecker und er schaute sich um.

„Sonst noch was? Oder können wir einpacken? Ich würd' noch gern …" Das Unausgesprochene hatte Spielraum für diverse Interpretationen. Prompt folgte von Ricardo die erste.

„Wen willst du besuchen?"

„Meinen Schreibtisch. – Wenn's geht."

„Da liegt außer diesem Fall nichts Weiteres drauf", stellte Ricardo lachend fest und hätte Miguel mit seinem verschmierten Handschuh fast auf die Schulter geklopft, „… und was das Virus von uns noch will, wird sich zeigen. Morgens darfst du vielleicht noch joggen, aber wenn du nicht rechtzeitig zurück bist, hast du die nächste Änderung schon nicht mitbekommen und musst 'ne Strafe zahlen." Ricardo erhielt nur unbestimmte Kopfbewegungen und ein Grunzen als Antwort. Mehr nicht. Also fuhr er einfach fort: „Sag doch, dass du bei Gabriela Kaffee trinken gehst! Sei dir ja gegönnt. Die Taschendiebe hat der Ermittlungsrichter und dein toter Korte liegt schon beim *Juzgado Central de lo Penal*, dem Zentralen Strafgericht. – Du leistest nun mal zu oft saubere Vorarbeit. Jetzt müssen die sich nur noch ein Strafmaß ausdenken. – Und das, wenn möglich, sollte nicht zu kurz sein."

Sanchez Olivero zuckte wieder nur mit den Achseln. *Saubere Vorarbeit.* Nett! Von oben kam so eine Meldung nie. Höchstens von Pelleter. Deshalb hatte er selten das Gefühl, einen Fall zu Ende gebracht zu haben, sondern eher irgendwo festzuhängen. Täter gefasst, ja, eventuell sogar ein Geständnis erhalten, aber außer am Ende den

Abschlussbericht noch schreiben zu dürfen, war nichts. Die endgültige Auflösung des Falls schnappte sich meistens die nächste Instanz. Fall gelöst, fühlt sich anders an, dachte er, kratzte sich am Kopf und musste an Elena denken. – Und an Inés. – Und an Gabriela.

„Dann halt einen Kaffee trinken", erwiderte er, als müsse er möglichst umständlich etwas zugeben. Vielleicht käme er mit ein, zwei Tassen tatsächlich nicht nur auf andere Gedanken. Er beugte sich wieder über die Fässer, um den Anschein zu erwecken, er wäre mit seinen Gedanken mitten im Fall. Aber außer blauer blätternder Farbe, die durch den Transport an manchen Stellen ziemlich abgekratzt war, gab es nichts zu entdecken. An einer Stelle war ein weiteres Etikett überlackiert worden. Vielleicht die Quelle der Fässer. Eine gute Ablenkung. Er deutete darauf.

„Schon gesehen. Darum kümmere ich mich später", erwiderte Ricardo.

„Dann mal los." Miguel hatte keine Lust mehr.

„Wenn Andreu fertig sein sollte?!" Ricardo grinste und nickte mit seinem Kopf zum flirtenden Kollegen. Es schien, als würden sie ihre Adressen austauschen. Andreus Ximena würde sicher einen Kommentar dazu haben.

30. September, 14 Uhr 20

Eine alte Bekannte, früher ihre beste Freundin – mein Gott, es waren mindestens zwanzig Jahre her, dass sie sich gesehen hatten. Durch Zufall hatte diese vom Tod Lorenzos erfahren und wollte sie unbedingt treffen. Ein weiterer Zufall wollte es, dass sie seit ein paar Jahren ganz in der Nähe von Andratx wohnte. Nun saßen sie deshalb schon seit über einer Stunde in Port d'Andratx vor dem *Café La Consigna* und sahen sich immer wieder kopfschüttelnd an. Vor ihnen zwei Teller mit süßen Pasteten und der zweite *Hugo*. Es gibt ja was zu feiern, ich lad dich ein, meinte ihre Bekannte und sie sah beschämt zur Seite auf die andere Straßenseite zum kleinen Hafen, um sich abzulenken, denn einladen könnte sie niemanden. Dort standen auf er Mole neben einem Kutter leere Styroporkisten herum und Fischernetze waren auf dem Boden zum Trocknen ausgebreitet. Auf einer Kiste saß ein Schwarzafrikaner – sicher einer der schlecht bezahlten Skipper, die häufig noch auf dem Schiff hausten – und rauchte. Mit dem Fuß kickte er gegen eines der Netze und somit gegen seine Abhängigkeit und sein Schicksal. Beides blieb davon unbeeindruckt. Dann sah sie wieder zu Catalina. Die Zeit schien in den letzten Jahren stehen geblieben zu sein. Nur ein paar Fältchen in ihren Gesichtern zeigten die vergangenen Jahre.

„Ich weiß noch, wann du dieses Kleid getragen hast", fing Catalina wieder an, „du kannst dich sicherlich auch noch erinnern. Mein Gott, waren wir da noch jung. Keine Männer und Erwartungen. Ende der 70er-Jahre muss das gewesen sein. Du warst siebzehn, ich sechzehn. In Madrid tanzten sie, während der *Movida*, mit solchen Kleidern in den Brunnen."

Der Tod Lorenzos war nun kein Thema mehr.

„Wie hast du es nur so lange mit ihm aushalten können?" Nun zeigte sie auf das anthrazitfarbene Kleid mit kurzen Ärmeln und dem auffallenden, grau-weißen Paisleymuster, oben eng anliegend, die Figur betonend, und unten weich mit einem langen Schlitz an den Beinen auseinanderfallend, die Llucia für hässlich hielt und immer wieder mit dem Stoff zu bedecken versuchte.

Sie schaute an sich herunter. Ihre Brüste waren eigenartigerweise nach dem Stillen größer geworden. Um das Kleid tragen zu können, hatte sie zwei Knöpfe mehr als vielleicht sonst üblich öffnen müssen und ihr Dekolleté, sie schmunzelte, als ihr dieses viel zu hochtrabende Wort in den Sinn kam, mit einem Tuch bedeckt, auch, um ihre inzwischen etwas fleckig gewordene und blasse Haut zu bedecken. Aber etwas anderes als dieses Kleid hatte ihre Garderobe seit Jahren nicht zu bieten. In einer Kittelschürze wollte sie nicht hierherkommen. Catalina schien dies alles nicht zu sehen und meinte sogar:

„Und du hast immer noch dieselbe schmale Taille. Mit der kann ich nicht mehr protzen", stellte sie lachend fest und klopfte sich auf den Bauch. „Aber die Ansprüche schwinden und Hermano ist es egal, der hat einen noch viel größeren. Eine echte Kugel."

Wieder lachte Catalina und schüttelte den Kopf.

„Warum hast du dich nie gemeldet?"

Llucia seufzte, trank einen Schluck ihres *Hugo* und genoss die langsam eintretende Wirkung des Alkohols. Den hatte sich in den letzten Jahren nur ihr Mann geleistet. Und das nicht als *Hugo*, sondern Brandy, billigen Rum oder selbst angesetzten *Hierbas*. In immer größeren Mengen und dem Ergebnis, dann laut zu werden und, wenn sie nicht sofort tat, was er verlangte, ihr eine zu schmieren. Diese Jahre konnten ihr kein glattes Gesicht, eine gesunde Hautfarbe, eine fraulichere Figur beschert haben. Diese Jahre hatten andere Spuren in und an ihr hinterlassen. Catalina schmeichelte ihr also und sah nicht so aus, als hätte sie Ähnliches hinter sich oder müsste es ertragen.

Nach kurzem Zögern und einem weiteren Schluck – Catalina hatte längst einen dritten *Hugo* bestellt – berichtete sie trotzdem, zunächst in knappen und beiläufig klingenden, ja fast emotionslosen Sätzen, von den ersten Jahren, die noch ein kleines Glück versprachen, von der Geburt ihrer Kinder, dem Scheitern der einen

Tochter, die sich auch nach Jahren ihres Absturzes, der auf so vielfältige Weise ihrem eigenen Versagen glich, nicht hatte blicken lassen. Von der zweiten Tochter, zu der sich das Verhältnis allmählich zu normalisieren begann und deren Kinder sie nun regelmäßiger, das hieß, einmal im Monat, sah. Vorkommnisse, die ein anderes Privatleben unmöglich machten.

„Leandro hätte gern einen anderen Großvater gehabt. Aber außer einen Ball ein paar Mal hin und her zu kicken, ist nie etwas passiert. Dann hat sich Lorenzo auf einen Stein gesetzt und das erste Bier und den ersten Schnaps getrunken. – Morgens um acht."
Catalina schüttelte den Kopf und Llucia hob ihre Schultern.

„Hermano ist zwar auch kein Superheld. Aber er hat alle Parks und Freizeiteinrichtungen durch", lachte Catalina, „letzte Woche erst waren sie wieder im Aquarium. Hermano spendiert, zockelt den Kids hinterher und lässt sich von ihnen die ganzen Fische und Viecher erklären."

„Immerhin", erwiderte Llucia und zog anerkennend die Augenbrauen hoch.

„Und dein Sohn?"

„Ist im Grunde der Einzige, der immer wieder gekommen ist."
So berichtete sie von ihrem Sohn, der in gewisser Weise ihr einziger Stolz geblieben war. Sich regelmäßig kümmerte und ihr in den letzten Jahren ab und zu etwas Geld zusteckte, damit sie sich etwas leisten konnte. Manchmal waren es sogar fünfzig Euro. Catalinas Blick darauf war Frage genug. Also berichtete sie nun auch von der Idiotie ihrer, beziehungsweise einer solchen Ehe. Von Lorenzos Besäufnissen und seinen falschen Versprechungen und seinen Vorstellungen, wie es zu Hause zuzugehen hatte. Bei jedem Satz strich sie über

das Polster des Stuhls neben sich. Das richtige Kissen lag in dem kleinen Zimmer der Pension.

Catalina verzog jetzt erst recht immer wieder das Gesicht und versuchte sie zu unterbrechen, aber nachdem das zweite Glas geleert und das dritte auch kaum noch gefüllt war, sprudelten das Geschehen und das Leid der Jahre von selbst nur so aus ihr heraus. Nach zwanzig Minuten brach sie dann doch ab. Sie schüttelte den Kopf, wie ein Staubtuch, um den Dreck der vielen Jahre darin loszuwerden. Die letzten Wochen mussten nicht geschildert werden. Und nicht der Montag, an dem Lorenzo sie mit einer zusammengerollten Zeitung schlug und ihr ins Gesicht und auf den Rücken drosch, weil sie im Bett wieder einmal nicht das machen wollte, was er verlangte. Dabei hatte er längst versagt. Um ihn zu beruhigen, stellte sie ihm die erste Flasche hin. Am nächsten Tag eine weitere. So auch die folgenden drei Tage. Sie blickte in den Himmel hoch und strich wieder über das Polster. Dann lächelte sie und schüttelte abermals den Kopf. Ein seltsames, ja fast zufriedenes Lächeln war das, was über ihren Mund huschte.

Er lag nun hinter der weißen Steinplatte. Auf dieser sein Name und die Daten. In der daran montierten Vase ein künstlicher Blumenstrauß. Was sollte sie noch darüber berichten? Mehr war nicht nötig. Den Strauß würde sie nicht auswechseln. Einen weiteren Besuch war das Grab nicht wert und auch keine Träne. Und eine Erinnerung schon gar nicht.

„Ist jetzt alles vorbei. Deshalb bin ich hier. Länger will ich dich und mich damit nicht quälen. Lass es gut sein! – Nun spendiere ich noch einen vierten. – Ja?" Catalina nickte und seufzte.

„Das ist mir Gott sei Dank alles erspart geblieben. Ich habe eine gute Ehe. Zumindest im Großen und Ganzen. Auch wenn Hermano sicher den ein oder anderen

Ausreißer hatte. Zwei Kinder genügen, um dann nicht mehr sexy für die Männer zu sein. Denn deine Figur ändert sich unweigerlich. Siehst du ja. Keine Ahnung, wie du das machst. Aber ich war dann nur noch eine Mutter. So nennt er mich inzwischen auch: *Frag Mutter, Mutter hat das, Mutter, was gibt es zu essen, Mutter weiß sicher Bescheid.*" Catalina lachte. „Weiß ich auch! Ich weiß Bescheid! Einmal rief eine an und ich war am Apparat. Es war eindeutig, sie nannte sogar ihren Namen, Ada Pujol Carbonell. Sie stotterte herum und ich musste grinsen. Ich hatte es schon so lange geahnt. Denn mit Mutter schläft man ja nicht. Aber ausgerechnet mit der, dachte ich damals. Da nix und hier nix." Sie zeigte auf ihren Busen und Kopf.

„Ein paar Tage später kam der erste Blumenstrauß von Hermano, obwohl ich keinen Geburtstag hatte. Irgendwann folgte ein weiterer. Dann war alles klar. Geschenke können schöne Schuldeingeständnisse sein, wenn ein Mann weiß, dass seine Frau die besseren Suppen kocht. Aber das alles macht nichts, denn solche Sachen, wie du sie erlebt hast, gab es nie bei uns. Und als sein Bauch wuchs, war es mit diesen Ausreißern bei ihm schnell vorbei, und diese Ada hatte die Lust verloren und einen anderen gefunden. Nun hat er es mit der Prostata. Dann geht das ...", Catalina machte eine Bewegung mit dem Zeigefinger, den sie ein paar Mal krümmte und streckte, „... auch nicht mehr. – Also erfüllt er mir andere Wünsche."

Sie unterbrach und sinnierte kurz:

„Weißt du, der Sommer unseres Lebens ist vorbei. Keine Frage. Auch die Sache mit Bikini und Jungs den Kopf verdrehen, aber erst im Herbst wird der Wein bereitet, du hast noch Zeit, dich zu berauschen. Schau dich an! Die Zeit ist doch an deiner Figur vorbeigegangen. Eine neue Frisur und du siehst wie neugeboren aus."

Damit fuhr sie mit ihren Fingern durch Llucias alte Dauerwelle. Die lächelte, schüttelte den Kopf und dachte: *Ich und berauschen. Mal sehen.*

30. September, 15 Uhr 50

Die üblichen Ermahnungen. Mit den üblichen Fingerzeigen. Die meisten, die es sahen, verstanden sofort. Nur ein paar Engländer und Deutsche taten sich schwer. Erst als sie hörten, was sie an saftigen Strafen zu zahlen hätten, wenn sie sich nicht den Anordnungen bezüglich des Kampfes gegen das Virus fügen wollten, nahmen sie maulend am Strand Abstand und benahmen sich entsprechend.

„Nicht aus Einsicht, sag ich dir", meinte Valeria, „die gucken in ihre Geldbörse und wissen, die nächsten zwei Jahre gibt's keinen Urlaub. Klappt leider nicht immer. Es gibt immer welche, wie am Wochenende, die sich als Gruppe besonders stark fühlen und ihre ganz eigenen Theorien anstellen. Ich wunder mich immer, warum es trotz so vieler Besserwisser noch solche Krisen gibt."
Sie zeigte auf ein paar Männer mit Bierdosen in der Hand, denen man ansah, dass sie sich schwertaten. Ihren Männerurlaub hatten sie sich anders vorgestellt, aber Valeria beeindruckte allein durch ihre Körpergröße und unterband deren blöde Anmache bei ein paar jungen und sichtbar verschreckten Mädchen.

„Und wenn sie das zu Hause ihrer Familie beibringen müssten, steigt sicher die Scheidungsrate. Von wegen Kegelausflug. So doof sind wir Frauen ja nicht, dass wir nicht wüssten, was sie sich hier geleistet und ihrer Familie versaut haben. Ich kann verstehen, wenn es einigen von uns zu viel wird. Das hier war mal ein Fischerdorf und jetzt ist es 'ne Bumsmeile."

„In den Bergen wollte einer dafür ein Luxus-Spa bauen", erwiderte Inés. „Ich kannte den Typen. Ein fetter Deutscher mit einer verdammt schönen und sehr jungen Frau. Keine Ahnung, woher er die hatte. Angeblich war sie sogar mal ein Model. – Vielleicht sind wir manchmal einfach auch nur zu dumm. Bei dem ging dann allerdings einiges daneben. Jetzt liegt er auf dem Friedhof und sie hat ihre Ruhe. Sein Projekt *Más Mallorca* ist jedenfalls perdu."

„In ein paar Minuten schauen wir noch mal vorbei. Denen sehe ich es an. Ein paar von denen wollen es partout nicht lernen. Bei denen zuckt's zwischen den Beinen und sie wollen sich noch twittern, wie toll sie sind. Und ich könnte heute noch ein bisschen Spaß brauchen. Dummheit hin oder her. Bettelnde und winselnde Männer haben in diesem Fall etwas für sich."
Valeria lachte mit ihrer rauen Stimme und das erinnerte fast an einen bellenden Hund. Die Jungs würden sich wundern, wenn sie denen auf diese Weise den aktuellen Preis sagen würde und sie glaubten, als Antwort ihre Muskeln spielen lassen zu können. Inés grinste in sich hinein und stellte sich das Bild vor. Valeria, die Starke, über einem dieser Typen stehend, den Fuß fest auf seiner Brust und dabei kalt lächelnd die Anzeige aufsetzend.

„Lass uns eben etwas essen, dann gehen wir die anschließend frisch gestärkt noch mal besuchen. Heute geht es hier ja echt ruhig zu. Da gab es schon anderes. Vor ein paar Wochen haben die Kollegen in Arenal zwei hiesige festgenommen. Die haben im großen Stil Marihuana angebaut. Ich glaub, vierhundert Pflanzen haben sie gefunden und den Strom dafür haben sie aus dem öffentlichen Stromnetz geklaut."

„Langweilig wird es uns jedenfalls demnach nicht", meinte Inés kopfschüttelnd und schnaufte wieder, „von wegen Palma Beach und Qualitätstourismus, wie die Inseloberen es gerne proklamieren."

„Keine Sorge! Alles auszuhalten. Hier ist immer alles nur die Hälfte wert, vor allem, wenn in der normalen Saison in den frühen Morgenstunden die ganzen Alkis meinen, sie müssten alle zusammen im Strahl kotzen. – Wirklich, wir haben gerade schöne Zeiten", wie vorher boxte sie eine Faust in die andere Hand, „ich bin nicht böse, wenn das Virus noch länger bleibt. – Trotz allem."

Sie waren bereits an dem kleinen Park und dem Hotel *Pure Salt Garonda* vorbei und Valeria bog in den McDonalds ab.

„Brauch ich manchmal", erklärte sie und stellte sich in die nicht allzu lange Schlange, „Was magst du? Kaffee? Was zu essen? Ich geb einen aus. Zur Begrüßung. Morgen bist du dann dran."

Inés wollte Kaffee und zwei Burger.

„Ruhig mit viel Mayo", rief sie Valeria noch zu und wunderte sich über ihren Wunsch. Mayo war eigentlich das Letzte, was sie auf ihrem Speiseplan stehen hatte. Nur für die Jungs und mittlerweile auch für Ramon hatte sie so etwas im Kühlschrank stehen. Deren in ihren Augen komischen Essensgewohnheiten hatten wohl abgefärbt.

Die Schlange wurde nicht größer. Inés schaute auf die Uhr. Die beste Zeit für die normalen Strandgänger, sich ihre Zwischenmahlzeit zu besorgen. Aber auch hier sorgte das Virus für schlechter gehende Geschäfte. Trotz der vorläufigen Lockerungen waren Valerias *Schöne Zeiten* auch an der Playa dramatisch spürbar geworden. Die Insel schlingerte. Stadtteile drohten wieder abgesperrt zu werden. Nicht nur wie am letzten Wochenende das Gewerbegebiet *Son Castelló*, um die Zufahrt zu kontrollieren, wie sie es in den Unterlagen gelesen hatte, schon gar nicht um die Bewohner, sondern um die Touristen zu schützen. Mallorcas Wirtschaft war inzwischen ein empfindliches Gebilde. Undurchsichtig und fremdbestimmt. Man hatte vor Jahrzehnten seine Seele an den Tourismus verkauft.

Mit ihren beiden Tabletts setzten sie sich dann draußen an einen Tisch und Inés zog ihre Jacke aus. Wie so oft hatte sie unter dieser nur ein Hemdchen an. Sofort sah Valeria auf das Tattoo.

„Krass. Hätte ich jetzt nicht gedacht. Obwohl, die roten Haare sind ja auch nicht echt, oder? – Ein Wolf. Hat der was zu bedeuten?"
Mayonnaise lief ihr am Kinn herunter und Inés wischte sie mit einem Tuch ab, das Zeug schmeckte besser, als sie dachte. Dann erzählte sie grinsend, was der Wolf *bedeutete*. Früher oder später wüsste Valeria sowieso Bescheid. Ramon kannte sie ja schon und zu Andreu hatte sie ja beste Kontakte. Und so viel wusste sie, nicht nur in ihrer Größe, auch an Neugierde war sie kaum zu übertreffen. Rumdrucksen hatte keinen Sinn. Mit vollem Mund fing sie an:

„Ramon, mein Freund, hat einen tätowierten Arm. Auf dem ist ein Wolf. Ich mag tätowierte Kerle eigentlich nicht. Aber irgendwie ..."

„... ist der anders ...", grinste Valeria.

„... ja. – Komisch. – Ich weiß. Eigentlich wollte ich nur 'ne Woche abschalten und hab' ihn gleich am ersten Tag kennengelernt und ..."

„... und abends seid ihr zusammen ins Bett", stellte Valeria fest. Inés hörte auf zu kauen und sah hoch.

„Nee, nicht am ... also ... ich mein ..."

„Dann halt am zweiten. Ist doch egal. Es hat gefunkt und jetzt seid ihr zusammen. Ist doch scheißegal, wie so was zustande kommt und wie lang so was hält. Du hast 'n geiles Tattoo als Erinnerung und für deine Jungs bist du dadurch sicher eine scharfe Mama, oder?"

Sofort musste Inés an den gestrigen Morgen denken. Diegos Blick war eindeutig. Sie spürte die Wärme in ihr Gesicht schießen und packte umständlich den zweiten Burger aus. Den Rest der Erinnerung unterbrach wieder Valeria.

„Sei nicht so verklemmt! Du wirst sehen. Ein paar Wochen mit mir und du wirst alles ganz anders sehen. Mein Gott, ich mach's mit 'ner Frau. Das fällt hier unter Höchststrafe. Deshalb geht auch keiner von den Kerlen gern mit mir auf Streife, weil sie erstens keinen ihrer doofen Witze erzählen können und ich – zweitens – so etwas wie 'ne Aussätzige für die bin. Was kann man mit so einer besprechen, außer Dienstliches. Dabei träumen die doch alle von 'nem Dreier. Sei also entspannt. Der Typ ist gut, du danach glücklich und zufrieden. Was willst du mehr? Lass dir den Spaß beim Bumsen doch nicht nehmen. Nicht von mir! Wir Mädels dürfen so etwas auch. Wo leben wir denn? Und wenn er dir 'n Kind machen sollte, nennste es Lobo. Dann haste deinen Wolf für immer. Egal, wie die Sache ausgeht. Aber dass es nix wird, damit muss man ja nicht von Anfang an rechnen."

Valerias Lache war wirklich extrem. Einen siebten Sinn hatte sie wohl auch noch. Oder einen Röntgenblick. Inés stutzte, legte den Burger wieder hin und strich sich über den Bauch, der *deswegen* eigentlich noch keiner sein konnte. Aber das Kind hatte heute wohl seinen Ruhetag.

„Kann sein, dass … vielleicht … morgen wollte ich mir einen Test kaufen."

Es war ohne Absicht aus ihr herausgerutscht und mit einem Mal war sie dauerrot.

„Da will ich aber dabei sein! – Wie lang schon?"

„Mehr als … zehn Tage. Vielleicht sogar zwölf", stotterte sie.

„Dann brauchst du den auch nicht mehr. Darder i Font wird sich freuen und ich muss mir schon wieder einen neuen Partner suchen. Irgendwie Mist."

„Vielleicht kommen sie dieses Mal auch nur später."

„Auf jeden Fall will ich dabei sein." Valerias Ton ließ keinen Widerspruch zu.

30. September, 16 Uhr 05

Die Stimme am anderen Ende war nicht nur aufgebracht, sondern kurz davor, sich zu überschlagen. Wäre noch jemand anderes im Raum gewesen, hätte derjenige es selbst in der entferntesten Ecke mitbekommen. Ihrer Stimme merkte man hingegen die Aufregung bislang nicht an.

„Nein, ich werde nicht kommen", erwiderte sie daher noch überraschend fest und ohne ein Zittern, „du kannst so laut herumschreien, wie du willst. Mein Leben funktioniert auch ohne euch."

Sie hatte sich nach dem Tod ihres Papas immer eine tröstende Mutter gewünscht. Eine wie die, von denen man sich zum Beispiel in der Schule erzählt hat. Eine, die sich kümmert. Vor der man sich nicht schämt zu weinen. Die dich selbst im traurigsten Moment eine starke Person sein lässt. Die dir hilft, wenn nicht schon alles, doch so viel wie möglich zu erreichen. Eine, der das Glück ihrer Kinder wichtiger ist als das eigene. Eine, um die man weint, wenn sie nicht mehr da ist. Nur einmal im Leben findest du einen Menschen wie deine Mutter. Aber niemand konnte Schmerz nachempfinden. Erst recht nicht ihre Mutter. Nur die, die diesen erlebt hatten. Doch wer gab solche Schanden schon zu. Selbst das Mitleiden war unmöglich. Es hatte auch keinen Sinn. Wer diesen, ihren Schmerz nicht kannte, konnte nicht wissen, wie erlösend das Leid danach war.

Solo una vez encontrarás a esa mujer. Denkste! Ihre war nicht eine Träne wert. Statt Wärme zu schenken, wenn sie schon nicht lieben konnte, war sie voller Neid. Ließ nichts anderes zu, als noch einen weiteren Grund für Schmerz zu haben. Oder war alles Einbildung? Die Stimme aus dem Hörer zeterte weiter, ohne dass sie zuhörte. Vielmehr lauschte sie in sich selbst hinein. Warum hatte sie in all den Jahren nicht eine Sekunde an den ultimativen, den letzten, erlösenden Schmerz, an das ultimatrive Ende, an Selbstmord gedacht? Dann wäre endlich Schluss mir all den Lügen. Sie schnaubte und zeigte sich selbst einen Vogel. Als Ärztin an Selbstmord denken. Geht's noch? Sie war unfähig zu Leben und zu feige zu sterben. Das dazwischen war Einbildung und sich bumsen lassen. Und jedes Mal, wenn sie glaubte, die Liebe nahm überhand, suchte sie danach den Schmerz. Sie war nicht nur unfähig zu leben, nein, sie war sogar unfähig zu lieben.

Mit dem Telefon in der Hand turnte sie regelrecht durch die Wohnung und benötigte deren gesamte Fläche. Was ihrer Stimme an Vehemenz fehlte, setzte sie in unruhige, manchmal trippelnde, manchmal aufstampfende Schritte quer durch alle Zimmer um. Mehrfach war sie kurz davor, ihr Handy gegen eine Wand oder auf den Boden zu pfeffern. Stattdessen mussten im Weg liegende Schuhe, Taschen und zwei leere Weinflaschen daran glauben. Eine zerschellte mit lautem Klirren ausgerechnet am Türrahmen zum Schlafzimmer. Was für ein Zeichen! Was für ein Wegweiser! Mit einem Stöhnen legte sie das plärrende Handy auf die Kommode und kehrte mit einem Stück Pappe die Scherben zu einem Haufen zusammen. Sie würde später alles sauber machen. Dann beugte sie sich über das kleine Schränkchen und damit über das Handy und wurde doch laut:

„Es hat mir keinen Spaß gemacht! Nie! Ich habe nur deine Erwartungen und Aufträge ausgeführt, weil ich an deine falschen Versprechungen geglaubt habe. Aber ich habe nichts anderes bekommen, als mit meinem Leben für deine Frigidität zu bezahlen. Nur damit du dich nicht verbiegen musstest. Ich war zu jung, um darüber nachzudenken, und zu blöd. Jetzt tut mir alles weh, schmerzt es mich, wenn ich nur daran denke. Und damit das nie wieder passiert und du nie wieder in meinem Leben irgendetwas bestimmen kannst, werde ich nachher deine Telefonnummern blockieren und eine neue Telefonnummer haben, die du nie erfahren wirst. Ich werde dich für den Rest meines Lebens missachten, so wie ich alle von euch missachten werde. – Und es ist mir egal, welche Konsequenzen das alles haben wird." Wutentbrannt hämmerte sie mit einem Finger auf das rote Symbol des Telefons. Die Tränen kamen sofort, mit nassen und blinzelnden Augen sah sie sich um und wischte sich über ihr Gesicht. Seit einem Jahr ging das nun schon so. Jeden zweiten oder dritten Tag kam der Anruf. *Na, mein Kind, wie geht es dir? Alles in Ordnung? Ja, wir auch. Nein. Er allein. Zwei Wochen auf den Philippinen. Du weißt ja. Wann kommst du mal wieder? Er würde sich freuen. Er liebt dich. Auch das weißt du.* Jedes Mal die gleichen Sprüche. Mal fehlte nur der eine, mal der andere und sie war zu blöd, einfach Schluss zu machen.

Nun schaute sie nicht nur auf ihr Smartphone, sondern auch auf die kleine Kommode darunter, von der sie wusste, dass in ihr eine angebrochene Flasche Gin, Whisky oder Ähnliches stand. Sie öffnete das Schränkchen, dann die Flasche und trank einen großen Schluck, als hätte sie eine Flasche Wasser in der Hand. Im gleichen Moment merkte sie, wie ihr schlecht wurde, presste sich eine Hand auf den Mund und rannte ins

Bad, um sich zu übergeben, bis nur noch Bitteres aus ihr herauskam. Nach Minuten stand sie endlich mühevoll auf und ging wieder zurück. Hustete und spuckte in das Klopapier, das sie meterweise von der Rolle gerissen hatte und trank nochmals zwei, drei große Schlucke. Sofort spürte sie den brennenden Schmerz in ihrem leeren Körper, den das scharfe Getränk hinterließ. Den Schmerz, den sie hasste, den Schmerz, den sie seitdem trotzdem immer wieder wollte. Den Schmerz, den sie doch liebte. Diesen Schmerz konnte sie aushalten. Und diesen Schmerz hatte sie Miguel verschwiegen und alles, was damit zusammenhing. Liebe hatte sie nie gelernt. Liebe war eine kindische Sehnsucht.

Sie trank einen weiteren Schluck, schloss die Flasche und stellte sie wieder zurück. Ein letztes Mal wollte sie sich für ihre Dummheit bestrafen lassen. Den Schmerz holen, der alles übertünchen würde. Jede kleinste Erinnerung an Glück. Sich vor dem anderen auszuziehen und sich von ihm nehmen lassen. Schlagen und würgen dürfte er sie dieses Mal nicht. Aber bumsen, vögeln und ficken, bis sie wund wäre. Danach würde sie gehen und nie wieder zurückkehren, sondern endlich frei sein. Vielleicht freier als mancher es wollte.

Im Bad machte sie mit dem Klopapier den Boden sauber, riss es anschließend in kleinere Fetzen und spülte es hinunter. Dann ging sie ins Schlafzimmer, öffnete den Schrank und nahm das enge grüne T-Shirt-Kleid heraus, das er so mochte. Sich im Spiegel betrachtend fuhr sie sich durch die Haare, trug ein wenig Make-up auf und schlüpfte in die High Heels, nahm die Tasche und verließ – sich noch einmal umschauend, als sei es ein Abschied für immer – die Wohnung.

30. September, 17 Uhr 35

Gerade hatte der letzte Gast bezahlt. Der stand nun auf und das *Bianco* war somit Sekunden später leer. Miguel war auf der Brücke stehen geblieben, ging nun die letzten Schritte auf Gabriela zu und war auf einen Kommentar von ihr gefasst. Stattdessen gab sie ihm einen viel zu zärtlichen Kuss – mit zungenfeuchten Lippen. Darauf war er nicht vorbereitet. Ihre Augen blitzten.

„Sag bloß, du willst mich von der Arbeit abholen und nach Hause bringen?", fragte sie ihn mit strahlendem Gesicht und er schaute auf die Uhr, weil er keine Ahnung hatte, wie spät es war. Etwas rot geworden und mit einem leichten Hüsteln erwiderte er:

„Das lässt sich wohl machen. Bekomme ich vorher noch etwas zu trinken?"

Von dem Kuss und ihrer Feststellung verwirrt, stand er etwas steif da, griff nach ihrem Arm, als suche er Halt und streichelte über die Haut. Er war die letzten Male wohl nicht abweisend genug gewesen. Und jetzt schon wieder nicht. Warum auch?

„Natürlich! Einen Kaffee?"

„Ich glaube, ich könnte einen *Suau* vertragen. Und ein Wasser."

Nun schaute sie ihn stirnrunzelnd an.

„Oh! Ich hab' dich durcheinandergebracht und jetzt musst du dir Mut antrinken? Entschuldige! Ich freue mich nur." Dann lachte sie und gab ihm schon wieder einen Kuss, eine Hand von ihr in seinem Nacken auf Wanderschaft. Er wusste nicht, wie lange er widerstehen konnte, setzte sich aber auf seinen Platz und beobachtete sie dabei, wie sie den Schwenker füllte, und rief frühzeitig *¡alto!* – grinsend hob sie das Glas und sah sich augenzwinkernd die kleine Menge an.

„Viel Mut scheinst du nicht mehr zu brauchen."

Mit einem zweiten Glas und der Flasche in der anderen Hand brachte sie den *Suau* an den Tisch und setzte sich ihm gegenüber. Ihren Kopf abgestützt, sah sie ihn – jetzt mit zusammengekniffenen und forschenden Augen – an.

„Was stimmt nicht, dass du mich so oft besuchen kommst in letzter Zeit? Ich gebe allerdings zu, dass ich mich darüber echt freue."

Miguel sah sie schmunzelnd an. Ihre Frage konnte viel Wahrheit vertragen.

„Ehrlich gesagt, fühle ich mich hier – bei dir – wohler als bei Toni. Der quatscht tatsächlich viel, wenn der Tag lang ist. – Und ich kann hier geheime Telefonate führen und dich anschauen. – Auch um einiges schöner, als Toni zuzusehen oder auf seine dämlichen Plakate zu gucken."

Gabriela beugte sich vor, streckte einen Arm aus und streichelte ihm über eine Wange.

„Klingt nach einer Ausrede. Aber du hast sie schön gesagt. – Und – sie macht mich, ehrlich gesagt, ein bisschen stolz. – Bringst du mich nachher tatsächlich nach Hause?"

Jetzt sah er ihr etwas verlegen in die Augen. In seinem Kopf kollidierten ein paar allzu bekannte Emotionen. Wahrscheinlich kam er mit einem Kopfschütteln und einem *Heute noch nicht* nicht mehr davon. Also nickte er knapp und sie lächelte zufrieden.

„Dann mach' ich hier mal so langsam Schluss."

Damit stand sie auf und ging hinter die Theke. Natürlich sah er ihr hinterher. Prompt fiel ihm dabei der Satz von Inés ein – *sie steht wenigstens mit beiden Beinen im Leben.* Als würde er mit sich selbst sprechen, machte er eine anerkennende Kopfbewegung und dachte: *Mehr als das.* Hinter der Theke angekommen, fing sie sogleich wieder an zu erzählen:

„Hab' heute öfter in die Zeitung schauen können. Irgendwie ist immer noch nicht richtig was los. Vielleicht wird es sogar wieder schlimmer. Ein paar aus der Verwaltung haben heute erzählt, dass einige Stadtviertel zur Debatte stünden, die abgeriegelt werden. *Arxiduc, Plaza de Toros, Son Forteza* und ein Teil von *Son Oliva*. Das lässt nichts Gutes erwarten. Wenn, dann bleiben das sicher nicht die einzigen und die machen wieder alles zu. Aber noch ein Lockdown und ich bin arbeitslos." Sie machte eine Pause und schüttelte mit hochgezogenen Augenbrauen immer wieder den Kopf. Miguel musste sie nur ansehen und in die Augen schauen, denn die erzählten den Rest. Der nächste Lockdown wäre auch für sie ein Fiasko. Schon fuhr sie fort:

„Und ein ziemlich langer Artikel über eure Räuberbande an der Playa steht auch drin. Das war im Endeffekt dann doch eine ganz große Sache? Innerhalb von einem Vierteljahr 300 Raubüberfälle." Sie riss erstaunt die Augen auf und stemmte kurz eine Hand in die Seite:

„Und die waren über zehn Jahre zugange? *¡Hombre!* Und ihr habt vorher nix davon gemerkt? Die haben geschrieben, jeder Fall war einzeln betrachtet ein zu kleiner Fisch. Stimmt das? Haben die in der Zeitung jedenfalls so erklärt. Aber jetzt haben die Typen über zwölf Millionen Euro in ihre Heimat schicken können und damit ihre Häuser bezahlt, die sie sich sonst hätten nie leisten können. – Feine Sache! Vielleicht sollte ich auch mal darüber nachdenken."

Miguel schmunzelte immer noch:

„Besser nicht! Ich habe keine Lust, dich im Gefängnis besuchen zu müssen und da einen Kaffee zu trinken. Hier wärst du mir entschieden lieber. Und vergiss nicht, zum Schluss wurden sie zudringlich. Ein paar Frauen behaupten begrapscht worden zu sein. Ich könnte sagen, Gott sei Dank, denn sonst wäre es vielleicht wieder nur bei Anzeigen von kleinen Diebstählen geblieben. Aber so hatten wir einen Grund, näher hinzusehen. Bei Sexualdelikten werde ich nämlich leicht wütend."

Sie trocknete ein paar Gläser ab, zog nun nur eine Augenbraue hoch und wischte sich mit dem Handtuch über die Stirn. Während sie die Gläser gegen das Licht hielt, gab die Knopfleiste der Bluse für einen Moment einen Einblick auf das Darunter. Kurz blitzte ein Teil ihres BHs durch und damit ein Teil einer Brust. Es entsprach genau dem Bild in seinem Traum. Er grinste, trank einen Schluck des *Suaus* und verzog das Gesicht. So scharf hatte er ihn nicht in Erinnerung, als er ihn zusammen mit Inés bei Toni vor einigen Tagen getrunken hatte.

„Und alle eingebuchtet habt ihr sie auch nicht", fing Gabriela wieder an. „Sondern nur nach Hause geschickt. Jetzt können sie sich auf ihrer neuen Terrasse sonnen, von dem Geld, das sie hier geklaut haben, in Ruhe ihr Bierchen trinken und säuische Bildchen angucken."

„Nein!", stellte Miguel lachend fest. „Sie wurden den dortigen Behörden übergeben. Die müssen sich jetzt darum kümmern. So leicht kommen die nicht weg."

Gabriela stellte eine Portion geputzter Gläser hinter sich ins Regal und schaute dabei zu ihm herüber. Ihre Augen glänzten. Sie schien amüsiert.

„Das denkst du. Du glaubst auch an die guten Seiten im Menschen. Die Typen, die die in Empfang nehmen, halten die Hand auf und haben zwei Wochen später selbst eine Terrasse. Die anderen machen ein bisschen Pause und kommen mit frischen Pässen zurück. So geht das. Und wir Mädels müssen es aushalten. Hast du nicht gesagt, gegrapscht hätten sie auch?"

Miguel seufzte laut auf und meinte lächelnd:

„Ich bin ja auch noch da."

30. September, 17 Uhr 50

Die Männer waren weg, aber ein Dutzend Jugendliche dachte sich alles leisten zu können und schaute daher auch nur kurz hoch, als Valeria und Inés langsam auf sie zugingen. Valeria lag richtig. Zwar eine gemischte Gruppe, die sich mit Händen und Füßen wunderbar unterhielt und verstand, aber einige unterhielten sich auf Spanisch und insgesamt hatten sie zu viel Alkohol um sich herum gebunkert. Achtzehn war von denen sicher auch keiner. Somit ignorierten sie damit nicht nur die Hygieneregeln. Wenn das so weiterginge, wäre noch schneller Schluss mit der langsam beginnenden Normalität. Valeria ging lachend auf sie zu und setzte sich neben einen der Spanischsprechenden, der sie verdutzt anschaute. Kaum saß sie, wurde sie auch schon ernst. Der Junge stellte zu langsam die Flasche weg.

„Ich lasse nicht zu, dass ihr den Weg zur Normalität kaputtmacht. Kapiert? Wir haben etwas andres zu tun, als euch Benehmen beizubringen. – Wo arbeitest du?"

Er schaute sie verdattert an und stotterte:

„Ich ... äh ... im Moment ... also ich geh noch zur ... aber ..."

„Also tatsächlich noch keine achtzehn", stellte sie trocken fest, „und du auch nicht."

Sie zupfte die Handschellen heraus, machte Inés ein Zeichen, und die tat es ihr nach.

„Deine Papiere. – Bitte!"

„Die hab' ich nicht dabei."

„Das wird ja immer besser."

Nun zog sie ihr Handy heraus, gleichzeitig waren drei aufgestanden und versuchten sich davonzutrollen. Valeria war schneller oben, als sie dachten, und stellte sich ihnen nur ein wenig in den Weg. Einem, der es trotzdem versuchte, stellte sie ein Bein und hielt ihn mit dem

Fuß auf dem Rücken am Boden. Ihre Größe und Schnelligkeit hatten sie wohl falsch eingeschätzt, zumal Inés einem anderen schon den Arm auf den Rücken gedreht hatte. Mit dem Rest des Arsenals, das sie am Gürtel hängen hatten, wollten die Grünschnäbel dann doch keine Bekanntschaft machen. Dazu waren sie nicht ausgebufft genug. Valeria und Inés hatten somit leichtes Spiel und brauchten keine zehn Sekunden, den Kollegen Bescheid zu geben. Valeria steckte das Handy wieder ein und griff nach dem Gummiknüppel.

„Ein Schritt zu viel von einem von euch und ...“

~~~

„Danke dir!“, meinte Valeria nun. „Du bist die Erste, die so reagiert hat, wie ich es erwartet habe. Meine lieben Kollegen haben immer angefangen mit solchen Typen zu diskutieren. Brotlose Kunst. Die nutzen das doch nur aus, grinsen frech und hauen wirklich ab. Darauf hab' ich echt keinen Bock. Für mich gelten auch Regeln, also haben die sich auch daran zu halten. Basta! Gesetze und Verordnungen werden nicht aus Spaß beschlossen. Wann lernen diese Hirnis das endlich? Und wir sind ja wohl alles andere als eine Diktatur. Die Zeiten haben wir Gott sei Dank hinter uns. Okay, ich nutze ein paar physische Vorteile, aber bevor die Kerle glauben, den dicken Maxe markieren zu können ...“

„Was erwartet die jetzt? Ich habe in dieser Beziehung null Ahnung.“

„Die Eltern erhalten von unseren Leuten einen Vortrag, die drei spanischen Jungs müssen zwei Wochen in die häusliche Quarantäne – wahrscheinlich sogar mit dem Rest der Familie, und wenn's richtig läuft, werden die anderen in einen Flieger gesetzt. Ab nach Hause, Urlaub zu Ende.“

Ihr Blick hatte etwas Genüssliches.

„Gehen wir jetzt mal so 'nen Test kaufen?", fügte sie neugierig hinzu. „Vielleicht lässt du mich ja dann die Patentante werden. Dann blieben wir in Verbindung, wenn du dein Kind hast."

Inés lief es eiskalt den Rücken runter. Sie hatte Valeria zu viel erzählt. Sie würde nicht locker lassen. Ihre Neugier war einfach überbordend. Trotzdem schüttelte sie den Kopf. Prompt erhielt sie Widerspruch:

„Wie lange willst du warten? Zehn Monate? Ich sag' dir, ich hab' in Bio aufgepasst, dann ist es zu spät!"

Bei ihrer Lache konnte man nur mit einstimmen.

„Ich kann das schon allein", Inés versuchte überzeugend zu klingen, „aber über die Patentante unterhalten wir uns dann noch, – wenn. Auch wie wir das Kind dann nennen könnten."

„Englische Namen sind beliebt. Also Onenight oder Everlove." Sie grinste frech und meinte noch: „Lobo hab' ich ja schon vorgeschlagen."

Inés war wenig überzeugt.

„Scheinbar muss ich mir auch ein paar Gedanken machen. Und vorher sollte ich vielleicht zumindest Ramon fragen. Wenn ich schon deinem Plan folge und ihn den Vater sein lasse." Inés seufzte und ergänzte: „Gut, dass Miguel kein Schwarzer ist. Dann würde es auffallen, wenn ich lüge."

30. September, 18 Uhr 05

„Ich sagte ja, Sobrassada. Fünf Fässer voll", Ricardos Stimme klang in Miguels Handy so blechern, wie die Fässer es waren, „und keine Leichenteile dazwischengesteckt. Auch nicht klein gehackt. Allerdings ist die Masse von einer so schlechten Qualität, dass sie sicher nicht besonders genießbar war. Da waren Amateure am

Werk. Das haben die wohl selbst gemerkt und deshalb die Fässer entsorgt. Das Rezept ging also daneben. Eigentlich schade, ich mag so etwas gerne."

Miguel schaute hoch. Gabriela war vor fünf Sekunden aufgestanden, weil sie die Tür vorne nun schließen und anschließend Kasse machen wollte. Den Rest, Gläser aufräumen, die Spülmaschine laufen lassen, Tische sauber machen, Stühle zusammenstellen und so weiter, hatte sie vor lauter Vorfreude schon vorher gemacht. Nicht ohne immer wieder an seinen Tisch zu kommen und sich darüber zu wundern, dass er sie nach Hause bringen wollte. Luis hatte dies nicht einmal gemacht. Ausgerechnet Miguel nun. Sollte sie ihm sagen, dass er seit ein paar Tagen in ihren Nächten vorkam? *Zehn Minuten,* sagte sie genau dann, als im selben Augenblick sein Handy klingelte und gleich darauf war ihr beruhigenderweise klar, dass es keine andere Frau war, sondern nur Ricardo. Verwundert über sich selbst streichelte sie erleichtert Miguel über den Kopf und wendete sich wieder ihrer Arbeit zu. Wahrscheinlich war es aussichtslos, aber Hoffnung darf man sich ja machen.

„Warum von schlechter Qualität?", wollte Miguel wissen und sah immer wieder zu Gabriela und versuchte sie wieder mit dem Bild zu vergleichen, das er letzte Nacht von ihr geträumt hatte. Allerdings war sie nicht beim Friseur gewesen und hatte sich auch nicht in einen wilden Militärlook mit knappem Top geworfen, der ihr bestimmt gut gestanden hätte – vielleicht auch nicht. Sie war für solche Verrücktheiten nicht gemacht. Trotzdem schien alles zu passen. Vielleicht sollte er ihr doch den Tipp mit den rötlichen ...

„Statt Speck viel zu viel Knorpel, ja sogar Knochenstücke sind drin", unterbrach Ricardo Miguels Gedanken, „und jede Menge minderwertiges Separatorenfleisch. Das ist der Rest, der an den Knochen hängen bleibt, wenn man die Tiere geschlachtet und eigentlich schon verarbeitet hat. Innereien sind auch drin. Das ist nicht das Originalrezept. Nicht mal annäherungsweise. Zumal der Anteil an Muskelfleisch für eine echte Sobrassada viel zu niedrig ist. Dafür ist der Nitratwert viel zu hoch und die chemischen Rückstände sind in meinen Augen enorm. Liegt unter anderem an billigen Gewürzen. Kleinst gehackte Olivenblätter statt Oregano zum Beispiel. Auch das Paprikapulver ist extrem verlängert worden, geht heutzutage alles unkompliziert mit Lebensmittelfarbe. Schmeckt man nicht. Viel zu viele Leute essen Fast Food und sind diesen doofen Industriegeschmack gewöhnt. Wenn du mich fragst, wollte jemand damit viel Geld machen. So ein Spundfass hat über 200 Liter Fassungsvermögen. Das sind über 220 Kilo Masse. Rechne das mal in Sobrassada-Würste um."

Sanchez Olivero schnaufte durch. Er würde Gabriela und ihre wahrscheinliche Erwartung enttäuschen müssen. Nach Hause bringen, ja. Wohnung ansehen, vielleicht. Ein halbes Stündchen oder so bleiben, nein. Lebensmittelfälschung war zwar nicht sein Ressort, aber er hatte sich wohl zu kümmern. Vielleicht war es auch besser so.

„Keine Ahnung", erwiderte er wieder schnaufend und hoffte, ihr gegenüber für heute noch eine gute Erklärung dafür zu finden.

„Du kannst davon ausgehen, dass eine gute Wurst pro 100 Gramm mindestens um die 2 Euro im Verkauf kostet. Alles klar?"

Ricardo ließ Miguel kurz schmoren und rechnen, bevor er die Denksportaufgabe löste. Denn auch die Mathekenntnisse des Kollegen waren bekannt:

„Also kannst du dir ein neues Auto kaufen oder eine Weltreise mit Vollpension leisten oder dir für über ein halbes Jahr freinehmen. – Über 20.000 könnten wohl bei fünf Fässern herausspringen. Nicht schlecht, was? Und wer weiß, ob es nicht noch mehr Fässer gibt."

„Der Gestank hat mir gereicht."

„Die geschlossenen Fässer haben nicht gestunken. Nur das geplatzte. Trotzdem wollte ich das Zeug nicht essen. Aber du musst nur *eine* gute Wurst anbieten, probieren lassen und behaupten, du hättest davon fast eine Tonne zur Verfügung – und das Geschäft ist gemacht. Den getürkten Rest verpackst du in eine undurchsichtige Hülle und gut ist. Damit gehst du auf den Markt. Wenn du schnell bist, fängt dich keiner. – Jetzt kannst du dich um diese Gebrüder Garcia kümmern."

„Die Supermärkte werden dir was husten", meinte Sanchez Olivero, „bei der ersten Beschwerde machen die doch den Lieferanten zur Schnecke."

„Du täuschst dich. Die Reklamationsquote ist für gewöhnlich und auch generell gering. Da würden mir noch etliche andere Sachen einfallen, die aus den Regalen verschwinden müssten. Die meisten essen so etwas, ohne zu merken, dass man sie auf den Arm genommen hat. Die kaufen beim nächsten Mal höchstens eine andere Marke. Das war's. Aber 's Geld haben die Fälscher eingesackt. Ich sagte ja, inzwischen gibt es viel zu viel Fast Food. – Ich glaub eher, dass die keinen Händler gefunden haben. Die Zeit dafür ist gerade – wie soll ich sagen? – schwierig."

„Was steht nun an?"

„Ich habe dir alles auf deinen Tisch gelegt. Pelleter ist noch eine Stunde da. Gib Gabriela einen Kuss, sag tschüss und erklär ihm alles. Dann kann er der *Guardia* berichten."

Miguel verzog das Gesicht. Ricardo erzählte noch irgendwas von guter Sobrassada und wie man sie am besten isst:

„Pur und auf ein gutes Brot! Mit die beste gibt es in Esporles. Da kenn ich eine Familie. Die machen die selbst. Kostet aber nicht nur 2 Euro, sondern mehr als das Doppelte. Lohnt sich aber. Schmeckt super und hält ewig. Liegt halt an den Zutaten."

Und Miguel sah mit einem gequälten Lächeln zu Gabriela, die wohl mit großen Ohren ein wenig zugehört hatte und sich auf die Unterlippe biss, weil sie bereits ahnte, was er ihr gleich sagen würde. Auch sie versuchte ein Lächeln, als Miguel widerwillig meinte:

„Okay! Mach ich! Bis später." Dann drückte er das Gespräch weg.

„Schade!", stellte sie sofort in Erwartung der schlechten Nachricht fest, trocknete sich die Hände ab und hängte das Handtuch über den Halter. In ihrem Gesicht sah er die Enttäuschung. „Ich hätte dir gerne wenigstens die Straße gezeigt, wo ich wohne. Dann hättest du mich vielleicht ... also, ich mein ... wer weiß, und du hättest mich mal besucht, aber ..."

„Kommt gar nicht infrage. Ich bringe dich nach Hause", erwiderte er, „auf die fünf Minuten kommt es nun auch nicht an. In diesem Fall gab es keine Leiche, sondern nur eine miese Wurst. Die kann warten. Geschmeckt hat sie ja ohnehin nicht."

30. September, 18 Uhr 15

„Ich habe mich schon gefragt, was du machst. Lange nicht gesehen", meinte Inés und begrüßte Vicenç mit einem *fist bump*. „Darf ich vorstellen? Mein Nachfolger in zehn Jahren", nun lachend zu Valeria gewandt. Dann zuckte sie mit den Achseln:

„War einer der größten Fans von Miguel und mir."

„Jetzt wird er meiner werden müssen", grinste Valeria, stand auf und Vicenç zuckte zusammen.

„Keine Angst! Für gewöhnlich fresse ich keine kleinen Jungs. – Was machst du so? Rumhängen und Alkohol saufen? Scheint ja gerade modern zu sein. Dann kann ich dir gleich mal zeigen, was ich davon halte."
Sie streckte ihm grinsend eine Faust entgegen und Inés erlebte einen neuen Vicenç. Weit vorgebeugt, mit deutlichem Respekt im Blick und vor allem stumm erwiderte er den Gruß mit der Faust.

„Ich bin jetzt ... also, ich darf eine Ausbildung ... ich möchte zur Polizei. Ein Praktikum habe ich schon gemacht."
Es klang, als hätte der letzte Satz unmenschliche Überwindung gekostet. Valeria lachte wieder, schüttelte den Kopf und klopfte ihm auf die Schulter.

„Wenn du fertig bist, kommst du am besten zu mir. Nach ein paar Wochen hast du dann auch deine letzte Angst abgelegt und wir werden ein gutes Team. Dauert aber leider noch ein paar Jahre."

„Ich weiß. Ist kein Problem!" Er erwiderte Valerias entgegengestreckte Faust mit seiner.

„Was liegt an?", wollte Inés wissen.

„Schule. – Mit kranken Lehrern, die durch andere ohne Ahnung ersetzt werden. – Und die streiken. Dafür sitzen wir mit Maske im Klassenzimmer und lauschen der Stille. Gott sei Dank bin ich nächstes Jahr fertig. – Das Jahr krieg ich also auch noch rum. – Und ihr? Liegt was Interessantes an?"

„Uneinsichtige vom Strand vertreiben, Säuferklubs auflösen und Deutschen und Engländern Benehmen beibringen. – Ist hier alles etwas anders als in der Burg. Ich könnte auch sagen, hier pulsiert das wahre Leben", erwiderte Inés und grinste.

„Dann komm mal in meine Schule. Dort kannst du weitermachen. Ich würde sagen, die haben alle keinen ständig saufenden und fickenden Vater zu Hause, sonst wären sie einsichtiger. Das echte Leben geht an denen vorbei wie 'ne Netflix-Serie im Fernsehen. Die haben keinen blassen Schimmer, aber auch volle Bierdosen und jede Menge bekloppte Sprüche. – Und Polizei ist 'n Schimpfwort."

Valeria hörte den Unterton und sah sicherheitshalber Inés an. Deren Grinsen hielt sich in Grenzen. Vicenç Probleme waren demnach anders gestaltet, als sie vielleicht dachte. So beließ sie es bei einem verständnisvollen Lächeln.

„Fein. Immerhin scheinst du schon mal die richtige Einstellung zu haben. Was führt dich also zu uns?"

„Ich kann ganz gut mit Computern umgehen." Er kratzte sich am Kopf, weil ihm aufgefallen war, wie naiv sein Anliegen klingen musste, trotzdem fuhr er nach einer kurzen Pause fort: „Und da dachte ich, vielleicht kann ich in dieser Hinsicht irgendetwas für euch tun. Aber so wie es aussieht, habt ihr damit ziemlich wenig am Hut."

„In der Burg haben sie demnach nichts für dich zu tun", stellte Inés mit einem weiteren Grinsen fest.

Verlegen schüttelte Vicenç den Kopf. Oder wollte sie wissen, was er Neues von dort über Miguel zu berichten hatte?

„Da ist so ziemlich alles beim Alten", erwiderte er deshalb ausweichend, „und die Teams werden auch neu zusammengestellt. Ich glaub, ich störe da nur, zumal Miguel ..." Er brach ab. Eine neugierige Reaktion blieb aus. War wohl nicht interessant. Um abzulenken, fügte er schnell hinzu:

„Immerhin weiß ich jetzt, wo du abgeblieben bist. Und bemitleidenswert siehst du nicht aus. Vielleicht komm ich einfach mal wieder auf einen Sprung vorbei."

Die beiden Frauen schienen nichts dagegen zu haben und Inés wurde ihr Dauergrinsen nicht los. Allerdings forschten sie auch nicht weiter nach. Also war er hier tatsächlich auch fehl am Platz. Er kratzte sich am Kopf und hibbelte von einem Bein aufs andere.

„Dann will ich mal ..." Sprach's und war keine drei Sekunden später weg.

„Ganz schön aufgeweckt, der Kleine", meinte Valeria, schaute auf die Stelle, an der er gerade noch gewesen war, und lachte. „Wer weiß, was aus dem mal wird? Ich meine nur, von wegen Polizist."

Inés blieb still. *Vielleicht doch unser Nachfolger. Er hat mehr auf dem Kasten, als du denkst,* dachte sie, stand auf und drehte am Knopf der Klimaanlage. Die Temperatur im Raum war um gefühlte zehn Grad gestiegen. Ich störe da nur, zumal Miguel ... andere Sorgen mit seiner Neuen hat, ergänzte sie weiter in Gedanken ohne Fragezeichen und verzog das Gesicht. Sie hatte längst davon gehört, dass er Elena am Flughafen sozusagen wieder einfangen musste, weil sie aus irgendeinem Grund abgehauen war. Mehr wusste der liebe Kollege von der Flughafenpolizei jedoch auch nicht. Vielleicht besser so. Sie strich sich über das Tattoo und nickte Valeria zu.

30. September, 19 Uhr 25

Garcia. José, Enrique, Alfonso, Theresa, Gonzalo, Abril, Valentina und mindestens fünfzig weitere Vornamen. Manche Kombinationen mehrfach vorhanden. Bei den Gebrüdern Garcia war es nicht anders. Auf allen fünf Fässern war der Firmenname mit blauer, fast frischer Farbe vor nicht allzu langer Zeit überlackiert worden. Unter diesen Firmen waren in den Verzeichnissen wieder alle Vornamen und Berufe: Schreiner, Metzger, Bäcker, Rechtsanwälte, Lebensberatungen, Fischer und so weiter. Es konnte eine Nachtsitzung werden. Nicht zuletzt dann noch Alma Garcia. Vorher selten gehört, schien er tatsächlich von dem Namen verfolgt zu werden. Diesen entdeckte er allerdings nicht auf der Liste der Meldebehörde, sondern auf einer der drei Klingeln an Gabrielas Haus. *Carrer de Caro. Santa Catalina.* Keines der modernen Häuser, sondern eines der letzten alten, vollkommen ergrauten gegenüber. Mit bröckelndem Balkon und blätternder Fassade. Hinfällig und renovierungsbedürftig. Garcia. Mehr nicht. Miguel tippte erstaunt auf das kleine Schild und Gabriela meinte:

„Eine alte Frau. Meine Vermieterin. Eine ganz liebe. Seit ich sie kenne Witwe."

Miguel nickte, strich den Namen in Gedanken von seiner Liste und dachte daran, dass auch dieses Haus, wahrscheinlich irgendwann Ende des 19. Jahrhunderts erbaut, nach dem Tod der alten Dame abgerissen werden würde. Diese Großelterngeneration wohnte bis dahin noch in solchen Häusern – häufig genug waren sie in diesen auch auf die Welt gekommen –, zurückgezogen und mit ihrem ganz eigenen Stolz. Warum auch nicht? Die meisten waren, wenn nicht hier geboren, hier zumindest groß geworden, liebten die Gegend und das Umfeld, weil die anderen Alten, sofern sie noch lebten, auch hier wohnten. So war man es gewohnt. Die meisten von ihnen arbeiteten damals im Hafen, man kannte sich und hatte hier seine Heimat gefunden. In diesen Zeiten war die nächste Bar, die Kirche am Sonntag, der kleine Laden um die Ecke das, was andere heutzutage Ausspannen vom Alltag nennen, wenn sie ans Meer und zu einem der vielen Freizeitparks fahren.

Die jungen Leute und Familien wollten es nun mal anders: gut bezahlte Arbeit, mobil sein, in aller Welt Urlaub machen, moderne, großräumige Wohnungen. Es spielte keine Rolle, eine halbe Stunde oder länger zur Arbeit zu fahren. Hauptsache, die Bezahlung stimmte.

Man hatte doch Autos mit allem Komfort. Freisprecheinrichtung, Klimaanlage, Tempomat und anderen Quatsch, den sein Twingo nicht kannte. Eingekauft wurde in den riesigen Supermärkten vor der Stadt. Und das wurde jedes Mal zu einem Event gemacht. Mit Hüpfburgen und Spielzimmern für die Kleinen.

Häufig hatten die Neuen im Viertel mit der Insel nichts zu tun, die meisten kamen vom Festland. Manche aus Südamerika. Argentinien, Kolumbien und ein paar aus Venezuela. Man kannte sich höchstens als Nachbarn, sonst nicht. Begegnete man sich auf der Treppe oder im Fahrstuhl, bedurfte es schon eines kleinen Kindes, damit man ins Gespräch kam. *Wie heißt sie denn? Ach, sie haben auch Kinder? Gehst du schon zur Schule?* und andere Alltäglichkeiten. Immerhin. Denn ansonsten nickte man sich bedeutungslos mit dem Kopf zu und wünschte sich höchstens noch einen guten Tag. So wurde aus guten Traditionen Folklore. Globalisierung hatte über die Jahre etwas Internationales, angeblich Mondänes und – Fades erhalten. In den Bars und Läden um die Ecke waren solche Leute jedenfalls nicht zu sehen. Schon gar nicht in den Kirchen.

Keinem fiel bei diesen ganzen Entwicklungen auf, dass Menschen wie Gabriela sich solche Wohnungen in solchen aufgemotzten Gegenden dann nicht mehr leisten konnten, obwohl genau sie die städtischen Strukturen noch aufrechterhielten. Wie gerade Bars, Geschäfte und soziale Einrichtungen. Nicht alles konnte die grüne Wiese annähernd so gut leisten. Außer man wollte mit schlecht bezahlten Aushilfen und deren lächelnder Inkompetenz zu tun haben. Gabrielas Verhältnisse und die ihrer Kollegen wurden derweil prekär, während *Santa Catalina* das neue In-Viertel für die Besserverdienenden werden sollte. Ob die ursprünglichen Bewohner es wollten oder nicht.

Jetzt kam auch noch das Virus dazu. Und das war hartnäckiger als erwartet. Den Leuten ging langsam auch der Wille abhanden, den ganzen Anweisungen noch zu folgen. Dazu kam, der Anteil an armen Menschen war auf der Insel explosionsartig gestiegen. Die Schlangen vor den Essensausgaben wurden deshalb von Tag zu Tag länger. Inzwischen standen in diesen nicht mehr nur die üblichen Verdächtigen, sondern auch einige, ja immer mehr Mitglieder aus der sogenannten gut situierten Schicht. Die meisten von ihnen hatten Jobs in Hotels, Servicepunkten oder im Einzelhandel. Doch die Buchungszahlen waren in den Keller gesunken. 60 Prozent Auslastung bedeutete 40 Prozent mehr Armut. Service wurde nicht mehr gebraucht und der Einzelhandel darbte und hinterließ bereits die ersten geschlossenen Geschäfte.

Einen Vorgeschmack lieferten die täglichen Zahlen der Kleinverbrechen, vor allem an der Playa, Inés wird zu tun bekommen, dachte Miguel, innerhalb von fünf Tagen hatten die Kollegen dort zehn Taschendiebe geschnappt. Seit Beginn der Aktion waren es über zwanzig Fälle. Die Dunkelziffer wollte er lieber nicht wissen. Das ließ auf keine gute Entwicklung schließen, wenn der Tourismus weiter gelockert, aber keine neuen Arbeitsplätze geschafft werden würden.

Gabriela war sicherlich eine aus dieser Gruppe, die um ihre Zukunft bangen durfte. Was Arbeitslose zurzeit bekamen, reichte nicht allzu lang, um zu überleben. Es gab in den Schlangen der Essensausgaben genug, die ihre Wohnungen verloren hatten. Er hoffte, im Notfall würde die liebe Vermieterin auf einen Teil der Zahlung verzichten. Nachdenklich biss er sich auf die Lippen, er hätte kein Problem, ihr im Falle eines Falles dann hin und wieder etwas zuzustecken. Aber, jetzt strich er sich durch die Haare, was würde sie von ihm denken? Geld von ihm anzunehmen, auch in so einer Situation, hatte unter Umständen ... Gabriela unterbrach mit ihrer Freude seine Gedanken:

„Finde ich wirklich lieb, dass du mich nach Hause bringst. Hätte ich nie gedacht. Drinnen sieht es nicht so aus."

Gabriela zeigte lächelnd die von der Straßenbeleuchtung beschienene Fassade hoch. Nur unten im rechten Fenster war Licht. Bläulich flackernd durch einen Fernseher. Auf dem kleinen Balkon über ihnen standen im Schein der Straßenbeleuchtung blühende Pflanzen und ein Stuhl. Am vor nicht allzu langer Zeit gestrichenen, weil schwarz glänzenden Geländer hing eine Konstruktion, die einen kleinen Tisch ersetzen sollte.

„Mein Zuhause", erklärte Gabriela und schaute auf den Boden. „Magst du ... ich meine ... ich weiß, du hast zu tun ... magst du sie dir kurz anschauen? Bekommst auch was zu trinken. Kaffee oder ein Bier habe ich eigentlich immer da. Aber wenn du ..."

In ihrer Stimme schwangen alle Emotionen. Miguel bemerkte es und hörte für einen Moment auf zu atmen, um in sich hineinzuhorchen. Einerseits musste er sie eigentlich enttäuschen, andererseits wollte er es nicht. Deshalb meinte er knapp:

„Ja."

Gabriela zog die Lippen ein und kämpfte sogar gegen eine Träne. *Fünf Minuten,* hatte er vorhin gesagt. Somit hatte sie auch damit nicht gerechnet, schon gar nicht, dass er mit nach oben käme, und sie schloss die Türe auf und machte das Licht an.

Im Schein einer alten einfachen Lampe glänzten im Hausgang ebenso alte, an den Kanten abgestoßene Zementfliesen mit braunem Rautenmuster. Er schätzte hundert Jahre alt. Wie die Stufen der Treppe, die mit Kacheln im gleichen Muster ausgelegt waren. Eine warme, saubere und heimelige Atmosphäre. Vor diesen hundert Jahren alles andere als ärmlich erscheinend. Das Geländer unerwartet herrschaftlich wirkend mit einem bronzenen Knauf am unteren Ende. Die Wände in einem orangefarbenen Ton gestrichen. Ein alter Spiegel unten und die Treppe hinauf alte Fotos und Stiche mit Motiven aus Palma. Wie häufig in solchen Häusern liefen die Elektro- und auch Wasserleitungen auf den Wänden. Die meisten Häuser waren in einer Zeit ohne jegliche Installationen gebaut worden. Wer es sich leisten konnte, ersetzte das alte Plumpsklo in einer Ecke der unteren Etage später durch eine richtige Toilette und stattete nach und nach das Haus moderner aus. Irgendwann war aber aufgrund der Struktur dieser Gebäude Schluss.

Miguel sah dies im Flur zu Gabrielas Wohnung bestätigt. In diesem zwar etwas breiteren Raum war alles untergebracht, was in einem anderen ungemütlich gewirkt hätte: eine schmale Küchenzeile, ein kleines Regal und daneben eine Duschwanne mit Vorhang. Damit spritzendes Wasser nicht in den Boden drang, hatte wohl Gabriela zwei bunte Kunststoffmatten davorgelegt. Eine extra Toilette gab es nicht. Ihre Toilette war die von Alma Garcia, unten im Hausgang unter der Treppe. Über dem Herd eine Magnettafel. Rezepte, Einkaufszettel, Ansichtskarten aus Sevilla, Vigo und Bangkok und zwei Sprüche waren angepinnt. *No hay mal que por bien no venga,* alles Schlechte hat auch seine gute Seite, und *El amor lleva en sí su propia plenitud,* die Liebe bringt ihre eigene Fülle mit sich. Die Zettel hingen so, dass sie hintereinander gelesen werden konnten und dadurch zusammen ein Motto ergaben. Auf diese Art für sie selbst kundgetan. Ein täglicher Hoffnungsschimmer. Gegenüber ein offenes Regal mit Töpfen, Dosen voller Lebensmittel und ein paar Marmeladen oben und Schuhen und ein paar Flaschen unten. Daneben ein Papierkorb mit Wackeldeckel. Alles um ihn herum war eng, aber blitzblank.

„Kaffee oder ein Bier?", fragte sie.

„Besser einen Kaffee", erwiderte Miguel und trat in das Zimmer ein, das den Rest der Aufgaben übernehmen musste. Wohnraum, Ess- und Schlafzimmer. Es war so schön wie möglich eingerichtet, ja sogar sehr gemütlich. Ohne irgendwelche Schrammen oder Kennzeichen, sich das ein oder andere Möbelstück nicht leisten zu können.

Ein Sofa, mit üppigen Kissen, das wohl auch als Bett fungierte, stand an der linken Wand, vor diesem ein kleiner Tisch. Darauf ein geklöppeltes Deckchen und eine Vase mit frischen Blumen. In anderen Zimmern Kitsch, hier passte es. Über dem Sofa zwei Bilder, die jeweils eine Landschaft darstellten, nach Mallorca sah diese nicht aus. Auf der anderen Seite ein niedriger Schrank mit einem nicht allzu großen Fernseher. Neben diesem eine Art Weinkiste, in der Geschirr und ein paar Gläser gestapelt waren. Auf dieser ein gewöhnlicher Ordner, wahrscheinlich gefüllt mit den erledigten und unerledigten Sachen eines Lebens: Rechnungen, Policen, An- und Abmeldeformularen. Alltäglichkeiten, die keinerlei Schmuck bedurften, ansonsten war der mahnende Effekt dahin. Ein nüchterner Kleiderschrank stand fast neben dem Sofa und wiederum dem Fenster gegenüber.

Spuren oder gar Hinterlassenschaften ihres Ex Luis waren nicht zu sehen. Sie hatte ihm zwar nichts vorzuwerfen, aber: *Ich kenn' das,* hatte sie gesagt, *der der Schluss macht, kann es in so 'ner Situation nie richtig machen. Ist irgendwie immer blöd. Ich hab' die ganze Nacht geheult.* Für diese Tränen brauchte es keine Erinnerungen auf Schränkchen und Regalen.

„Darf ich?", fragte Miguel und setzte sich, weil sie natürlich genickt hatte, auf das Sofa. Weich, fest und tief zugleich. Auch dieses hatte viele Aufgaben zu bewältigen. Für einen Stuhl hatte es keinen Platz mehr. Was auf die Schnelle abgelegt werden sollte, hing an der Garderobe oder dem Haken am Schrank, in diesem Fall ein Kimono. Er stellte sich Gabriela in ihm vor und lächelte still ein weiteres Mal. *Was stimmt nicht, dass du mich so oft besuchen kommst in letzter Zeit?*, fiel ihm plötzlich ein und er stellte sich die Frage selbst. Im Grunde genommen müsste er jetzt an seinem Schreibtisch sitzen, stattdessen merkte er, dass er sich hier wohlzufühlen begann, und sah noch einmal den Kimono an.

„Weißt du, was ihr Mann gemacht hat?", unterbrach er das Bild von auseinanderfallendem Stoff, das im Ergebnis dem ähnelte, was er im Traum gesehen hatte. Derweil war Gabriela in den kleinen Flur zurückgegangen, der bei näherer Betrachtung früher sicher einmal ein schmales Zimmer gewesen war, und hantierte in ihrer Küche herum. Den Kaffee bereitete sie, wie er bei sich zu Hause, mit einem Espressokocher, der auf eine Herdplatte gestellt wurde. Dieser blubberte und gluckste vor sich hin. Automatisch versuchte er das Geräusch zu deuten. Es klang gut, aber er wusste nicht wofür und wie. Beruhigend? Animierend? Bestätigend? Währenddessen erwiderte sie mit lauter Stimme:

„Es waren drei Brüder. Alle drei sind schon ziemlich lange tot. Der letzte, der starb, war Almas Mann. Das ist … warte … nun bereits zwölf Jahre her. Ich hab' ihn natürlich nicht mehr kennengelernt. Ich wohne hier erst seit knapp fünf Jahren. Die Miete ist wirklich okay. Aber alles andere will auch bezahlt sein. Du kennst das. – Natürlich erzählt sie immer wieder von ihm. Draußen an der Treppe hängt ein Bild von ihm. Jedes Mal, wenn ich nach Hause komme, schaue ich es mir kurz an. Er lächelt so nett darauf. Fast spitzbübisch. Sie waren über fünfzig Jahre miteinander verheiratet. Wahnsinn, oder? – Das schaffe ich nicht mehr. Ich glaub, die Zeiten dafür sind auch vorbei. Leider. – Sie hatten ein Fischgeschäft hier in *Santa Catalina*. Ist wirklich schon ewig her. – Warum fragst du?"

Miguel setzte den Namen wieder auf seine Liste und erzählte ihr in groben Zügen von dem Fall, der nachher wieder seine Anwesenheit verlangte. Gabriela hatte inzwischen zwei Tassen auf dem Tischchen abgestellt und sich mit Abstand neben ihn gesetzt, als ahnte sie, was in ihm vorging. Etwas auf der Kante, sozusagen mit einer Pobacke, als sei sie auf dem Sprung. Um ihre Finger zu bändigen, die sonst unkontrolliert in seinem Gesicht oder auf seinem Arm, vielleicht in seinen Haaren oder gar Schenkeln zugange gewesen wären, verknotete sie sie in ihrem Schoß.

„Das kannst du vergessen. Es ist alles verkauft. Da, wo das Geschäft war, steht schon seit Langem ein neuer Wohnblock. Das Geld, das sie dafür bekommen haben, war im Vergleich zu heute eine Lachplatte. Wenn Alma stirbt, kommt das Ganze hier weg und die Jungen, die Kinder von Almas Söhnen, kassieren ganz andere Gelder. Die können sich davon dann eine neue feine Wohnung leisten mit Einbauküche und Waschmaschine und ich guck in die Röhre. Sie ist über achtzig. Ich hoffe, sie lebt trotzdem noch eine Weile."

Er trank einen Schluck. Der Kaffee war hervorragend und er zog anerkennend die Augenbrauen hoch. Sie sah es, lächelte ihn ein wenig beschämt an, war versucht, ihm dankbar über die Wange zu streicheln, wusste aber nicht, ob sie sich dann noch zurückhalten könnte. Ausgerechnet jetzt lehnte er sich entspannt nach hinten und trank einen weiteren Schluck. Dann sah er sie an

und dachte an die Blubbergeräusche und wieder an ihre Frage: *Was stimmt nicht, dass du mich so oft besuchen kommst in letzter Zeit?*
Alles in Ordnung. Entschuldige!

~~~

Sobrassada. Das Internet mit seinen ganzen Online-Lexika wusste sicher mehr dazu. Bevor er sich die Mühe machen würde, alle die vor ihm liegenden Firmeneinträge zu kontrollieren, wollte er sich bezüglich der Fabrikation schlaumachen. Ricardo wusste zwar einiges, aber hergestellt hatte er diese Würste auch noch nicht. Vielleicht versteckte sich hinter der Rezeptur das entscheidende Geheimnis: Jede Familie und jedes Dorf hat ein eigenes Rezept, hieß es. Grundlage dafür sind Bräuche und lokale Besonderheiten. *Es gibt spezifische Merkmale, die die Sobrassada zu einer mallorquinischen Spezialität machen: 30 bis 60 % mageres Schweinefleisch, 40 bis 70 % Schweinespeck, pro Kilo Masse 20 bis 30 Gramm Salz und circa 60 Gramm Paprikapulver, gemahlener würziger Pfeffer und verschiedene Kräuter, je nach Geschmack. Meist Rosmarin, Thymian und Oregano. Je höher der Fettgehalt, umso leichter geht die Verarbeitung der Wurst vonstatten. Die Intensität des Geschmacks lässt allerdings nach. Traditionelle, auf der Insel verkaufte Sobrassadas werden mit weniger Fett hergestellt als die, die für den Export vorgesehen sind. Die Farbe kommt durchweg nur durch natürliche Zutaten zustande, künstliche Farbstoffe sind verboten. Das Produkt wird in zwei Phasen hergestellt: Hacken und Mischen der Zutaten sowie Würzen der Masse, anschließend Reifung (Trocknung) und Konfektionierung. Diese bestimmt dann Form und ihren endgültigen Namen, abhängig von gerade von der Form und der Hülle: Pultrú, Arrissada, Llonganissa,*

Bufeta, Culana oder Bisbe. Ein weiteres Erzeugnis der matanças, Schlachtfeste, sind Botifaróns. Kleine, raffiniert gewürzte Blutwürste …

Von Knochen, Innereien und Separatorenfleisch war auch bei diesen Erzeugnissen nichts zu lesen. Und die getrockneten Olivenblätter, die Ricardo gefunden hatte, ersetzten wohl die genannten verschiedenen Kräuter.

Miguel sah auf die Liste mit den Firmeneinträgen neben sich. Der erste Name auf dieser: Antonio, Fernando y Joaquin Garcia. *Pesquería*, Fischerei. Der Eintrag war vor fünfzehn Jahren gelöscht worden. Mit Wurst und Fleisch hatte der nichts zu tun. Sanchez Olivero las den Eintrag trotzdem weiter durch. Erst zwei, dann nur noch ein Kutter. Alle in Palma gemeldet. Anhand der eingetragenen Zahlen rechnete er hoch und verglich sie mit den Angaben der Finanzbehörde und den heutzutage gültigen Werten. Früher konnte man eine Familie damit vielleicht noch ernähren und durchbringen, das Haus tatsächlich in kleinen Schritten modernisieren. Alles in bescheidenen Maßen. In Gabrielas Wohnung war einst Fernando gemeldet. Er blieb unverheiratet und wohl allein. Er starb vor zweiundzwanzig Jahren. Über die Todesursache konnte er nichts finden. Er war gerade mal 57 Jahre alt geworden. Zu den anderen beiden Vornamen fand er nichts. Unwahrscheinlich, dass zwischen den Fässern und diesen Garcias eine Verbindung bestand. Er strich den Eintrag von der Liste. Es wäre auch zu schön gewesen. Vielleicht hatte Ricardo noch mehr auf den Fässern gefunden? Er griff zum Telefon.

„Nun, in den Boden ist *Envases* und eine fortlaufende Nummer eingeschlagen. *Envases* ist eine Metallverpackungsfirma in den Niederlanden. Ich glaube nicht, dass dir das weiterhilft. Die stellen solche Dinger in Massen auch für Versandfirmen her."

„Dann werde ich mich hier einschließen müssen, um alle Einträge zu überprüfen. Weißt du, wie viele Garcias es gibt?"

Ricardo lachte wissend.

„Ich schätze mehr als hunderttausend."

„Reicht leider nicht."

„Viel Glück", meinte Ricardo. Wie Gabriela. Nur war ihr Ton sympathischer, als er sich im Hausflur von ihr verabschiedete und sie ihm dasselbe wünschte, und dann sagte:

„Morgen hab' ich frei. Da musst du mit dem anderen Mädchen auskommen. Ich gehe nämlich endlich zum Friseur. Mal sehen, was Alyssa einfällt. – Sehen wir uns übermorgen?"

Wie vorher, als er vor dem Haus stand und ihren kleinen Balkon ansah, hielt er kurz die Luft an, als würde er sich besinnen, obwohl er seine Antwort dieses Mal längst wusste. Mit ein paar Sekunden Verzögerung meinte er dann auch:

„Ja. – Klar."

„Würde mich freuen! Ehrlich! – Danke, dass du mich besucht hast. Und – viel Glück!" Ihr Gesicht strahlte. Beruhigt? Animiert? Bestätigt?

In Almas Wohnung quasselte ein Nachrichtensprecher. Die Infektionszahlen waren im Norden Spaniens wieder gestiegen. Reisewarnungen wurden ausgesprochen. Kämen sie ein weiteres Mal für Mallorca, wäre das eine Katastrophe. Der Inselrat und die beratenden Virologen tagten auf jeden Fall in diesem Moment. In der Burg war das, was Gabriela vorher noch im *Bianco* erzählt hatte, inzwischen ein offenes Geheimnis, einige Stadtviertel würden erneut abgesperrt werden. Das konnte nichts Gutes bedeuten. Wahrscheinlich würde doch noch die nächste Ausgangssperre kommen und später verlängert werden. Würde das nichts bringen, kämen weitere Einschränkungen und Abriegelungen auf die Liste. Alles wieder von vorne. Wen wollte man schützen? Die Touris oder die eigenen Leute? Er verzog den Mund. Egal, was entschieden werden würde, die Insel wäre sicher dann eine andere. Und das für lange Zeit.

Mitten in seinen Gedanken nahm sie sein Gesicht in beide Hände, küsste ihn mit glänzenden Augen wieder viel zu zärtlich auf den Mund und hielt seinen Kopf eine Weile fest. Ihre Lippen schmeckten nach Kaffee, Neugier und Sehnsucht.

30. September, 22 Uhr 55

Berauschen. Zumindest Catalina wollte wohl nicht zu lange darauf warten und unnötig Zeit vergeuden. Nach den vier *Hugos* und Pasteten im Café lieferte sie Llucia aufgedreht und beschwingt bei einer Friseurin in einer Parallelstraße ab. *Ich kenn die, die verpasst dir einen schönen Schnitt.* Während es sich Catalina dort in dem knallroten Sofa im Eingangsbereich bequem machte, rückte sie mit dem längst geschmiedeten Plan heraus:

„Weißt du? Heute Abend machen Nachbarn von uns ein kleines Fest. Irgendein Jubiläum oder so was. Keine Ahnung. Spielt auch keine Rolle. Hermano und ich sind auf jeden Fall eingeladen. Ich soll Freunde mitbringen. Und eine Freundin habe ich ja nun wieder. Was soll ich mit ihm allein dorthin. Ich kenne die, die da kommen, ja nicht alle so gut wie diese Nachbarn. Du kommst also mit. Keine Ausreden!"

Sie stand auf, ging zu Llucia und der Friseurin, hob das Tuch um Llucias Hals hoch, sah die offenen Knöpfe des Kleides und dadurch den für sie viel zu einfachen und schmucklosen BH darunter. Llucias Dekolleté hatte Besseres verdient. Sie lächelte nicht nur Llucia an:

„Das muss natürlich auch neu, oder? Aber da finden wir was. Mach dir mal keine Gedanken. Hermano hat noch ein paar Sachen mehr auszubügeln." Sie krümmte und streckte wieder den Zeigefinger. „Wo will er auch hin, wenn er etwas essen will? – Das Kleid ist schön, das behältst du an. Manches Mädchen wäre froh, genau so etwas zu haben. Ist jetzt wieder groß in Mode. Und der Schlitz ..."

„Ich habe nicht vor, jemanden aufzureißen", lachte Llucia. „Bist du dir sicher, dass ich da wirklich mitdarf?"

„Wenn ich es dir doch sage! Und darum geht es doch auch gar nicht. Wir dürfen uns nicht aufhalten lassen – auf dem Weg ins Glück."

Anschließend waren sie ins *My Port* gegangen und nun begutachtete Catalina hinter den Vorhang schauend die neue Unterwäsche: „*¡Hombre!* Wenn du wüsstest, wie gut das an dir aussieht."

Llucia drehte sich um und sah in den Spiegel. Sofort wurde sie rot. Hellblaue Dessous mit einem großzügigen Blumenmuster. Vielmehr ein knapper Slip – *Wie nennt man so etwas?*, fragte sie noch –, auf dem das Muster kaum Platz hatte, und ein zugegebenermaßen wirklich schöner BH, der durch seine Bügel ihre Brüste betonte und unter dem Kleid im Dekolleté nur zu erahnen war. Nein, das konnte sie nicht anziehen! Um Gottteswillen! Das sah zumindest verwegen oder verdorben, wenn nicht sogar ... sie wurde rot, als ihr das Wort einfiel. Sie drehte sich wieder ein wenig und ließ das Gummi des Slips schnalzen. – Doch! Sie stemmte ihre Fäuste in die Seiten. Warum nicht?

Sie betrachtete ihr Gesicht, die Friseurin hatte ihre Haare bestens geschnitten, nur etwas gefärbt und nicht zu viel aufgedreht. Das alte, kaum getragene Kleid sah gut dazu aus. Genauso die Pumps, die immer noch passten. Doch! Doch! Doch! Sie fühlte sich wohl und hoffte, dass nicht die immerhin vier Hugos daran schuld waren. Wieder drehte sie sich und der Stoff ihres Kleides streichelte über die nackten Pobacken. Ein ungewohnter, warmer Schauer lief ihr über den Rücken. Was für ein Gefühl! Noch nie erlebt. Sie reckte sich, strich mit den Fingern selbstbewusster über ihren Körper und wog anschließend ihre Brüste in den Händen. Doch, sie würde genau das anziehen ...

~~~

... und öffnete gerade genau diesen BH. Denn das Fest wurde durch einen unerwartet kühlen Wind und ein paar Regentropfen beendet und im Haus war nicht für alle Platz. Nun sah Pere, der sie zur Pension zurückgefahren hatte, zu ihr hoch und sein Blick strahlte eine unbekannte Wärme aus.

Wenig später war sie den Tränen nahe. Ein vollkommen unbekanntes Glücksgefühl übermannte sie. Innerhalb von 24 Stunden war ihr Leben ein anderes geworden, hatte sie Gefühle erlebt, die ihr früher wie eine Lüge erschienen. Mit einem Griff zur Seite beförderte sie das Kissen unter das Bett. Währenddessen erforschten Peres Lippen und Hände ihren Körper, glitten dabei vorsichtig über ihre Haut und hielten auf der Narbe kurz über ihrem Schoß inne. Mit der Zungenspitze fuhr er dann auf ihr entlang. Ihr Becken war zu schmal für eine normale Geburt. Die nötigen Kaiserschnitte schufen bleibende und sichtbare Erinnerungen. Sie hielt die Luft an und Pere küsste daraufhin nicht nur die Narbe.

Drei Kinder wurden in ihr gezeugt. Ohne Gefühle, ohne jegliche Zärtlichkeiten und ohne jemals eine Erlösung dabei gefunden zu haben. Es war ein mechanischer Vorgang gewesen, lieblos und schnell. Einer, der einem Befehl und nicht einem Wunsch gehorchte. Oft genug nach Prügel. Meistens alkoholisiert. Beim ersten Mal hatte sie es noch hingenommen. *Macht nichts. Morgen ist auch noch ein Tag,* tröstete sie sich selbst. Der kam, ohne darauf achtzugeben. Bei allen anderen Malen war sie wehrlos. Die Kinder wuchsen dennoch in ihrem Bauch heran. Die Natur verfolgte wohl auch hier einen anderen Plan.

~~~

Pere fragte nicht. Pere liebte und ein vanilleartiger Duft umfing sie dabei, der sie vollends betörte. Eine Wolke aus alten Zeiten. Ihre Großmutter bereitete auf dem einfachen Herd, der im Winter gleichzeitig das ansonsten kalte Zimmer wärmte, einen Pudding. Den Pudding. Keinen Flan, sondern ihren Lieblingspudding. Mit einer dünnen Schicht selbst gemachtem Karamell. Ein Bild, mit einem Duft verbunden, das sie ihr Leben lang wie einen Schatz in ihren Erinnerungen aufbewahrte. Die Sammlung derer war ohnehin nicht besonders groß. Allenfalls ihre Kinder, als sie noch klein waren, sorgten für die eine oder andere tröstende Erinnerung. Der Rest war das eingezwängte und von Schlägen regulierte Leben gewesen. Ihm, Pere, würde sie, wollte sie ihn wiedersehen, sicher eines Tages mehr darüber erzählen als sonst jemand anderem.

Er war kaum älter als sie und durch ein Unglück Witwer. Seine Frau starb im Herbst vor drei Jahren bei einem Autounfall, der sich während eines Unwetters ereignet hatte. Auch er hatte Kinder. Einen Jungen und ein Mädchen. Inzwischen ein junger Mann und eine junge Frau. *Natürlich! Die Jahre vergehen so schnell. Eh du dich versiehst, sind sie erwachsen.* Sie, Teresa, war Ärztin und sein ganzer Stolz, arbeitete als Stationsärztin im *Son Llàtzer* und war bei allen Patienten beliebt, wie er erfahren hatte und es nun Llucia sehr bewegt berichten konnte. Im nächsten Jahr sollte sie eine Abteilung übernehmen.

Sein Sohn, nur ein Jahr jünger als Teresa, ein stiller, im Gegensatz zu ihr fast wortkarger Computertechniker. Er kümmerte sich an der Universität um das Netzwerk und kam leider selten mit seiner vor wenigen Monaten geheirateten Frau zu Besuch. *Wenn ich Großvater werden sollte, ändert sich das hoffentlich,* lachte er. Er selbst war nur ein einfacher Kaufmann, wie Pere über sich meinte, und arbeitete im großen *Carrefour* in der Nähe des Flughafens im Einkauf.

„Ich habe nicht viel, womit ich angeben könnte", lächelte er.

„Und das, was ich habe, passt alles in diesen einen Koffer", antwortete Llucia und zeigte auf das alte lederne Ding ihres Großvaters und erzählte ihm in knappen Sätzen dessen Geschichte. Wahrscheinlich würde sie noch in dieser Nacht mehr aus ihrem Leben erzählen müssen und die wusste, es würde ihr sicher leichtfallen. Doch nach dieser – egal, wie alles enden würde – wäre das Erste, was sie beseitigen würde, das Kissen, das nun unter ihrem Bett lag. Sie drehte sich – so gut es ging – auf dem schmalen Bett zu ihm, strich ihm eine Strähne aus dem Gesicht und sah in seine Augen. Sie waren so grün wie der Hain voller Früchte tragender Olivenbäume ihrer Großeltern neben dem Garten. Erfüllt davon lächelte sie, schloss kurz die Augen, umarmte ihn und küsste ihn auf die Stirn. Dann zog sie ihn auf ihren Körper, öffnete wie selbstverständlich die Schenkel und wollte – vielleicht nicht nur dieses eine Mal noch – sich als Frau fühlen.

30. September, 23 Uhr 10

Vierunddreißig *Hermanos Garcia,* Gebrüder Garcia, kamen seiner Meinung nach infrage. Die ganzen Schuster, Schreiner, Beratungsfirmen, Autohändler, Versicherungsvertreter, Anwälte und anderen Firmen, die nichts mit Lebensmitteln zu tun hatten, ließ er beiseite. Nur die Nachfolger berücksichtigte er noch. Morgen wäre auch noch ein Tag. Dann würde er mit Andreu die Liste noch mal durchschauen. Zumal der in der Suche am Computer geübter war als er. Am Ende der Liste standen die drei Brüder Antonio, Fernando und Joaquin Garcia. Zwei von ihnen hatten Söhne. Auch um die würde er sich mit Andreu kümmern.

Vor einer Stunde hatte er Elena eine Nachricht gesendet: *Sitze noch am Schreibtisch, wollen wir später noch irgendwo ans Meer?* Überschwänglich hatte er passende Smileys und Weingläser, Sandwichs und andere Symbole hinzugefügt. Seit einer Stunde wartete er auf eine Antwort. Nach einer Viertelstunde ohne das Piepsen einer eingehenden Nachricht kamen bereits die alten Befürchtungen hoch und er sinnierte, wie er nun zu reagieren hätte, wenn er es noch könnte. Seufzend schob er die Blätter zusammen.

Nun stand er vor seiner Wohnungstür und legte ein Ohr an diese. Das andere Ohr musste er zuhalten, weil der Fernseher der alten Menguez durchs ganze Haus dröhnte. War er eigentlich der Einzige, der das hörte? Er schloss die Augen, um sich zu konzentrieren. Aber drinnen war es leise, vielmehr still. Eine Minute später stand er in der Wohnung. Elena war nicht abgereist. Wenigstens das. Ihre Schuhe lagen neben dem Regal. Das Paar High Heels, das sie heute Morgen wohl angezogen hatte, wie hingeschmissen davor. Über dem einen Esszimmerstuhl hing, nicht besonders ordentlich, das enge grüne T-Shirt-Kleid, das gewagt frech ihre Figur betonte. Ihre Tasche lag zur Seite gekippt daneben. Ein Teil des Inhalts herausgekullert. Lippenstifte, zwei Haarbürsten, ein Kamm, die Geldbörse, ein weiterer Slip, *man weiß nie, was passieren kann,* zusammengeknüllte Taschentücher und eine Packung medizinische Handschuhe. Alles eher hingeworfen. Auf dem Tisch ein halb volles Glas Wasser, kein Alkohol. Gott sei Dank. Er grinste und schaute leise ins Schlafzimmer. Auf dem Rücken liegend hatte sie ein dünnes Laken bis zu den Ohren hochgezogen. Ihr Atem ging fast lautlos und regelmäßig. Ihr Körper bewegungslos.

Zehn Minuten später lag er neben ihr und lauschte auf ihren unveränderten Atem, auf seinen, auf die Stimmen in seinem Kopf. Alle redeten sie durcheinander. Elena, Gabriela und zu seiner Verwunderung auch noch Inés. Die eine war sprunghaft, die andere enttäuscht, die dritte aus dem Lot. Irgendetwas stimmte nicht und er konnte es nicht einsortieren. Sobald er mehr Zeit hatte, musste er sich kümmern, mit ihr reden und vielleicht dahinterkommen. Er versuchte ihrer Stimme im Kopf zuzuhören, doch blieb es bei einem unverständlichen Durcheinander von allen. Wie konnte es auch anders sein? *Was stimmt nicht, dass du mich so oft besuchen kommst in letzter Zeit?* Prompt war es Gabrielas Satz, der sich nach vorne gedrängelt hatte. Er verstand sich selbst nicht. Und nun gerieten dieselben Emotionen auch in ihm in Konflikt. Er atmete tief ein und verzog still das Gesicht. Dann drehte er sich zur Seite, auf dem Rücken hatte er noch nie einschlafen können. Auch für Elena wäre morgen noch ein Tag.

Sie schaute ihn an und er zuckte – als sei es nötig – der Mann kam erst am späten Abend nach Hause – schuldbewusst zusammen. Gleichzeitig schob sie unter der Decke eine Hand auf seine Seite.

„Du hast nicht angerufen, oder?" Ihr Gesicht zwischen einem Forschen und einem undefinierbaren Schmerz. „Ich hab' nämlich das Handy ausgemacht, weil ich den ganzen Tag schon Kopfschmerzen habe. – Ich war zwar spazieren, hat aber nix geholfen."

„Doch ... nein ... ja ... nur eine Nachricht. – Ich wollte mit dir ans Meer", erwiderte er und spürte, wie schlaff ihre Hand war.

„Da wird nichts draus", antwortete sie müde.

„Was ist passiert?"

„Das ist ein frauliches Problem", erwiderte sie und log damit, ohne dass er es wissen konnte, „kommt meistens mehr oder weniger pünktlich. Diesmal ziemlich pünktlich."

Ihr Lächeln blieb ein gequälter Versuch, denn in ihrer Scheide brannte es immer noch. Sie drehte ihren Unterleib, um das Gefühl zu mindern. Aber es half nicht. Ihre Hand parkte derweil bewegungslos unter seinem Shirt.

„Kennen wir Männer nicht. Vielleicht wäre es aber manchmal nicht schlecht."

Sie nickte und kuschelte sich in seinen Arm. Sie hatte einen Pyjama von ihm angezogen.

„Vielleicht morgen. Da soll es noch warm sein. Ich mein', das mit dem Meer. Übermorgen soll es regnen", meinte sie leise und gab ihm einen Kuss auf die Nasenspitze.

„Ja, vielleicht morgen."

„Habt ihr denn den Mörder?", wollte sie wissen und wand sich nochmals.

„Diesmal gibt es keinen. Nur einen, der Lebensmittel fälscht und damit jede Menge Geld verdient. – Vielmehr, es versucht hat."

„Ich hab' im *Son Espases* nachgefragt. Ich glaub, ich kann dort auch ein bisschen Geld verdienen. Ich geh die nächsten Tage mal hin."

„Wird eine andere Abteilung sein."

„Das ist mir gerade recht. Wollte ich auch. Ist nur schade um Teresa. Ich habe mich gut mit ihr verstanden. Sie weiß es schon und drückt mir die Daumen."
Elena legte sich auf den Rücken und verzog das Gesicht. Der Bauch tat ihr wohl auch weh. Er konnte ihre glänzende Stirn im matten Licht sehen, das durch die offene Schlafzimmertür drang.

„Dir geht's nicht gut", stellte er deshalb fest und stand auf, „ich hole dir ein Glas Wasser."

„Und meine Tasche bitte. Da drin ... ich ... sonst versaue ich dein Bett."
Als er zurückkam, schlief sie bereits. Er kramte in der Tasche und zog das Päckchen heraus, vielleicht würde sie gegen später aufwachen. Ihr Handy blinkte. Fast aus Versehen ging es an. Der Sperrbildschirm zeigte sie lachend ohne ein Oberteil an einem Strand, den er nicht kannte. Es war nicht der von diesem einen Abend, das Bild nicht von ihm und auch nicht besonders alt.

1. Oktober, 0 Uhr 20

Die Nachrichten begannen sich schon im Laufe des vergangenen Nachmittags zu überschlagen. Am Abend wurden dann die Entscheidungen verkündet. Der Inselrat hatte die nächsten Anordnungen beschlossen. Nach dem Getuschel und den ganzen Gerüchten waren sie allesamt keine Überraschung mehr. Die Entwicklung, nicht nur auf der Insel, ließ kaum etwas anderes zu: Zu den Stadtvierteln, von denen gesprochen worden war, kam ein weiterer Teil dazu, umschlossen von der *Vía de Cintura, Calle Aragon* und *Calle Manacor*. Im Prinzip *Son Gotleu*. Das hatte sie sich schon fast gedacht. Die Prekären kamen unter Generalverdacht. Zudem wurden Strände und Parks nun nach Sonnenuntergang gesperrt. Ein gewisser Vorteil. Die abendlichen Ausflüge der Uneinsichtigen waren somit erschwert. Die Ortspolizei der jeweiligen Gemeinden, also auch sie und die lieben Kollegen, wurde damit beauftragt, nicht nur die Strände darufhin, sondern auch die Personen zu kontrollieren, die unter Quarantäne stehen. Ab sofort galt darüber hinaus ein nächtliches Alkoholverbot. Discos und Tanzschuppen sollten schließen. Das war ein ganz schöner Packen an Anordnungen.

Nachtschichten, um dies zu kontrollieren, waren unumgänglich. Sie waren zu wenig Leute. Schon morgen würde sie die erste mit Valeria haben. Um 22 Uhr sollte es losgehen. Sie starrte schweißnass an die Decke, die von einem matten Licht von draußen angestrahlt wurde. Die einsame und ausgeschaltete Birne hing genauso matt und nackt von dort oben herab, wie sie neben Ramon im Bett lag. Die Birne würde es sicher in den nächsten Tagen, wenn nicht Wochen, um diese Zeit auch noch sein. Nackt. Sie hingegen brauchte an *das* vorerst nicht zu denken. Nicht nur wegen der Nachtschichten.

Mit beiden Händen strich sie sich über den Bauch. Der Urintest hatte vorhin im Bad eindeutig den zweiten Streifen gezeigt. Sie war also schwanger und die Fehlerquote zu gering. Zumal sie das Gefühl kannte. Sie wollte es in den vergangenen Tagen nur nicht wahrhaben und suchte die ganze Zeit nach Ausreden. Vielleicht wurden sie ja erhört. Wollte sie das Kind etwa nicht? Welche Ängste hatte sie? War es vielleicht doch von Miguel? Würde man das dann sehen? Hätte es zum Beispiel seine eisblauen Augen, die weder sie noch Ramon hatten. Scheiße! Und dann? Welche Wahrheit galt? Sie hatte sich alles anders vorgestellt. So etwas wie Panik kam auf.

Wie sollte es dann weitergehen? *Lass es Ramons Kind sein ...* Sie schnaubte leise und versuchte so rational wie möglich darüber nachzudenken. In sieben, acht Monaten käme der Mutterschutz. Sechszehn Wochen. Vier Monate. So lange würde sie ihr Gehalt bekommen. Folglich einen Monat vor der Entbindung und drei danach. In einem knappen Jahr wäre dann damit also Schluss. So lange könnte sie das hier also irgendwie finanzieren. Ein bisschen Geld durch Ramon kam ja schon jetzt dazu. Wann wäre er mit seinem Studium fertig? Ein richtiges Jobangebot hatte er doch schon, oder? Könnte sie dann zu Hause bleiben und das Kind großziehen? Ihrer Mutter könnte sie es nicht geben. Unmerklich schüttelte sie sich. Auf keinen Fall.

Schon sah sie Ramon mit ausgestreckten Armen, wie in schlechten Filmen, das Kind vor sich hertragen, weil es tropfte. Was war das damals nur für eine blöde Entscheidung? Selbstfindung. Wahrscheinlich war das Kind sogar von Miguel. Hatte sie es tatsächlich so schlecht mit ihm gehabt? *Du, es tut mir leid. Das damals war alles irgendwie zu viel für mich. Deshalb habe ich so blöd reagiert. Könntest du dir vorstellen, es noch mal mit mir zu versuchen? Das mit Ramon, du weißt sicher, wovon ich spreche, war schön. Aber das mit dir... Ich war nur so ...* Inés hörte auf zu atmen. Alles unvorstellbar. Und dennoch vielleicht sogar im Bereich es Möglichen. Ließen sich Gefühle reparieren? Gab es überhaupt etwas zu reparieren?

Valeria würde sich jedenfalls bedanken. Kaum hätte man sich aneinander gewöhnt, dürfte sie schon wieder umdenken. Aber das wäre wahrscheinlich das kleinste Problem. Nein, das Problem – war es überhaupt eines? – musste sie anders lösen. Es war zweifellos Ramons Kind. Wie konnte es auch anders sein? Sie würde es zu seinem Kind machen. Dann sähe man weiter.

Sie hatte sich entschieden und drehte sich wieder zu Ramon, er war schon halb eingeschlafen. Dennoch begann sie ihn zu küssen, zu streicheln und wieder zu erregen. Auch wenn sie trotz allem nicht in der passenden Stimmung war. Mit einem genüsslichen Brummen ließ er es geschehen und reagierte in ihrer reibenden Hand sofort. Er rollte auf sie und damit zwischen ihre Schenkel. So wie sie es geplant hatte. Als sie ihn in sich spürte, fragte sie ihn kurz darauf dessen ungeachtet:

„Und … wenn ich … schwanger werde?"
Sie hoffte, es klang unverdächtig, vielleicht sogar witzig. Er hingegen schien abgelenkt. Schwer atmend, erwiderte er:

„Schwanger … auch … gut. Wunderbar … eine komplette Familie … wir werden … den Jungen … Amaro nennen."

„Amaro?", fragte sie noch und zog die Beine an seinem bald schwingenden Unterleib entlang hoch, aber Ramon hörte schon nicht mehr zu.

Als er danach sich wieder neben sie legte, fragte sie noch mal:

„Amaro? – Wirklich?"
Da war er noch in einer anderen Welt und rang nach Luft.

„Klar", kam von ihm nur knapp. Er japste.

„Woher weißt du, dass es ein Junge wird?", hakte sie verblüfft nach, im Geensatz zu ihm war sie nicht außer Atem, und dachte gleichzeitig: *Verarsch mich nicht! Das kannst du nicht ernst meinen. Der Name ist doch total bescheuert. Amaro. Passt doch gar nicht zu Diego und Rafael.* In ein paar Tagen, irgendwann in der nächsten Woche würde sie ihn darauf ansprechen und es ihm sagen. Das mit dem bescheuerten Namen und das mit der Schwangerschaft und dass er tatsächlich Vater werden würde und sie sicher dann einige Probleme hätten. Als sei sie dennoch mit allem einverstanden, beugte sie sich lachend über ihn, *Amaro, so ein Quatsch*, und begann ihr Spiel von Neuem.

„Das erkennt man an der Form des Bauches", gab er zurück und zog scharf die Luft ein. „Etwa noch mal? Du machst mich fertig."

1. Oktober, 6 Uhr 35

Halb auf ihr war er eingeschlafen. Fast an die Wand gequetscht. Er tat ihr leid, obwohl sein Atem ruhig ging. Ganz an den Rand des Betts gerückt, hatte sie noch versucht ihm ein bisschen Platz zu verschaffen. Sie hingegen wusste nicht, ob oder wie lange sie wohl geschlafen hatte. Draußen war es jedenfalls noch dunkel. Es spielte auch keine Rolle. Was sollte sie auf die Uhr schauen? Sie fühlte sich erholt und ausgeruht. Vor allem glücklich und zufrieden. Wie nie zuvor in ihrem Leben. Selbst als sie vor Jahren, als sie noch als Putzfrau in einem Bürohaus tätig war, eine Handvoll Mal versuchte – beim ersten Mal noch mit einem schlechten Gewissen – ihr Glück mit einem anderen Mann zu finden, blieb es nur bei der Erfüllung eines einseitigen Egoismus, der ihr zwar keine Schläge, aber auch keinen noch so kurzen Rausch bescherte. Schon gar nicht die Aussicht auf eine bessere Zukunft. Wenn ein Plan dahinterstecken sollte, war er daneben gegangen. Auch diese zwei Männer wollten nur eine spontane Lust oder Frustration mit ihr stillen. Ohne langes Vorspiel, ohne große Versprechungen, schnell erledigt. Aber sie ging davon aus, immerhin als Frau begehrt worden zu sein. Das war für sie Trost für viele Monate. Dennoch, nach dem zweiten, beziehungsweise dritten Mal sah sie keinen von beiden wieder. Und danach ergab sich auch keine weitere Gelegenheit.

Denn Lorenzo – als hätte er etwas geahnt – verbat ihr den Job weiter auszuüben und ihr fehlte der Mut zu gehen. Danach begann das Martyrium aus Schlägen, Pöbeleien und abstrusen Anordnungen und sie traute sich an manchen Tagen nicht unter die Leute zu gehen. Ein blaues Auge oder Kratzer auf der Haut waren auch nichts, was andere Männer hätte anziehen oder gar erregen können, außer sie hatten die gleiche Einstellung wie ihr Mann. Von diesem Moment an war sie daher tatsächlich der Überzeugung, dass Lorenzo etwas herausgefunden hatte und sich nun an ihr rächte.

Sein Atem ging weiterhin ruhig. Aus den Augenwinkeln beobachtete sie ihn. Eine buschige Braue kitzelte ihre Wange. Sein Mund stand ein wenig offen. Die Lippen schmal. Diese hatten in der Nacht Stellen an ihr berührt, von denen so noch nie jemand etwas wissen wollte. Für das war es auch nie nötig gewesen. Sie lächelte. Zwei der oberen Zähne hatten den Kampf in seiner Kindheit verloren und nicht den Platz erhalten, der normalerweise für sie vorgesehen war. Etwas schief standen sie nun in der Phalanx der anderen. Vielmehr ein wenig davor. Eine dünne Strähne seiner schütteren Haare war wieder auf seine Stirn gefallen. Seine Nase ein scharfer spitzer Keil, der sein Gesicht bestimmte. Es gefiel ihr, es war nichts Falsches darin zu erkennen und sie war versucht, es zu streicheln, wollte ihn gleichzeitig aber nicht wecken und tat es dann doch.

Sein Traum suchte wohl eine Übereinstimmung, denn sein Atem kam aus dem Rhythmus, um sich dem Geschehen in seinem Kopf anzupassen. Die Augenlider zitterten. Die Bilder in seinem Traum hatten anscheinend mit ihr zu tun. Denn die Hand auf ihrer Schulter glitt nach unten und suchte Halt an ihrer rechten Brust. Nun umspielte ein Lächeln seinen Mund und er nahm noch einmal Luft. Dann sah er sie an und sein Daumen streichelte über ihre Spitze. Er streckte sich ein wenig und sie spürte seinen kleinen Bauch an ihrem und seine alsbald wachsende Männlichkeit am Schenkel. Blinzelnd und die Augen ein paar Mal zusammenkneifend schaute er sie an und rückte, so gut es ging, leider etwas ab.

„Nicht das du denkst ...", flüsterte Pere verschlafen. Nein, sie dachte nicht. Sie fühlte nur und hatte aber keinen Anspruch. Es war alles gut. Es gab keine Erwartungen. Jede weitere wäre unverschämt gegenüber ihrem Leben. Sie war in diesem Augenblick nichts anderes als glücklich. Das genügte. Der Hunger in ihr musste sich zufriedengeben.

Llucia drehte sich zu ihm und seine Hand rutschte von der Brust an ihrer Seite herunter. Dort blieb sie auf ihrer Hüfte liegen und streichelte dort die Haut. Ihr jahrelang ungestilltes Verlangen, das, wenn überhaupt, ja nur von anderen ausgenutzt wurde, ohne es zu stillen, wuchs an und sie streichelte seinen Kopf und die Schulter. Dann umarmte sie ihn, bis er ihre Tränen an seinem Gesicht herunterlaufen fühlte. „Danke!", flüsterte sie ihm immer wieder ins Ohr und ließ ihn mit einer kleinen Bewegung ihres Beines in sich hineingleiten.

~~~

Sie hatte keine Vorstellung von dem Moment danach, wenn er oder sie, sie oder ihn, aus welchem Grund auch immer, nach einer solchen Nacht, nach solchen Empfindungen verlassen müsste. Die folgenden Tage hatten keine Termine. Die folgenden Tage waren ohne Pläne. Die folgenden Tage konnten die nächsten Stunden im Bett bedeuten. Hungrig und auf eine unbekannte Art wollüstig. Die folgenden Tage würden nun trotz allem wohl ohne ihn auskommen müssen. Sie sah Pere dabei zu, wie er sich, fast schon verschämt wirkend, die Hose etwas von ihr abgewendet wieder überstreifte und das Hemd anzog, während sie, die Decke bis über ihre Schulter gezogen, an das Kopfende gelehnt immer noch im Bett saß.

Mit einer feuchten Hand wischte er sich die Haare nach hinten, kontrollierte deren Sitz im kleinen Spiegel über dem Waschbecken und hatte nun ein vorher nicht vorhandenes strenges Aussehen. Am liebsten hätte sie dies mit ihren Fingern korrigiert, doch diese Intimität schien ihr trotz der vergangenen Nacht zu früh. Sie schlug die Decke zur Seite, stand auf und blieb einen halben Meter vor ihm nackt stehen. Für einen Moment hielt er inne, streckte eine Hand vor und zog sie gleich darauf wieder zurück. Sie in dieser unterbrochenen Bewegung betrachtend, wiederholte er:

„Nicht dass du denkst …"
Und sie legte ihm einen Finger auf den Mund, schaute ihm übermannt von unzähligen Gefühlen von einem ins andere Auge und sagte leise:

„Es ist alles gut. Ich habe keine Erwartungen. Jede weitere wäre unverschämt gegenüber meinem Leben. Ich bin glücklich. Wie nie zuvor. Du bist mir nichts schuldig. Ein *Danke* drückt nicht genug aus. Vielleicht darf ich es dir irgendwann einmal erklären. Aber wenn du nicht magst … diese Nacht war …"
Nun lockerte sie doch mit ihren Fingern die nach hinten gewischten Haare und küsste ihn.

„So habe ich dich kennengelernt, so möchte ich dich in Erinnerung behalten, außer du wolltest mich tatsächlich wiedersehen. Was mich unendlich freuen würde."
Dann umarmte sie ihn wieder und er tat es ihr gleich, nachdem er ein, zwei Sekunden mit den Armen gerudert hatte. Seine Hände glitten erregend zärtlich über ihren nackten Rücken und Po.

1. Oktober, 9 Uhr 00

Die nächsten drei Fässer fand man nördlich von *Son Sastre* vor der steil abfallenden Kante an der Coma d'en Pere Andreu. Weitere zwei, aber kleinere, weniger versteckt bei einer Abzweigung am Coll des Vent. Jemand wollte sich entweder den Spaß einer Schnitzeljagd machen oder dachte, so verteilt würde alles weniger auffallen. Zumal die Fässer sich alle voneinander unterschieden. Obendrein sparte er noch Kosten bei der Entsorgung. Hatte Ricardo recht, handelte es sich aber durch die gefundene Menge inzwischen um einen Wert zwischen vierzig- und fünfzigtausend Euro. Wenn man denn den Inhalt hätte verkaufen können. Aber irgendwas an diesem Geschäft musste fehlgeschlagen sein. Natürlich dachte Sanchez Olivero an die aktuellen Auswirkungen des Virus. Läden und Märkte mussten zeitweise für Wochen schließen. Wochenmärkte fanden nur eingeschränkt statt. Funktionierende Handelsketten gingen in diesen Wochen, vielleicht sogar Monaten kaputt, je länger Beschränkungen herrschten. Wer wollte da noch solche Würste? Ein Frischeprodukt. Unter Umständen wurde deshalb auch nicht mehr der Preis erzielt, den man eingeplant hatte. Nein, mein Lieber, für diese Qualität gebe ich Ihnen höchstens drei Euro für das Kilo. Und schon schrumpften die Vierzig- oder Fünfzigtausend auf ein Zehntel zusammen und aus der geplanten Weltreise wurde eine kleine Wochenendkreuzfahrt auf dem Mittelmeer, weil die trotzdem vorhandenen Kosten damit nur etwas mehr als ausreichend abgedeckt waren.

Seine Liste bot wenig Anhaltspunkte. Sie müssten die einzelnen Adressen abklappern. Die Anzahl der Fässer erschien im groß genug, um vielleicht in einem anderen Betrieb vermisst zu werden. Schon verwarf er den Gedanken. Was waren schon – vielleicht – ein Dutzend Fässer. Irgendwo lagen vielleicht noch mehr herum. So oder so, diese Menge stand in zu vielen, inzwischen leeren Lagerhallen herum. Die Wirtschaft lahmte in allen Bereichen. Wer würde sie also vermissen? Ricardos Untersuchungen ergaben auch keine weitere Spur.

„Ich kann dir höchstens die Anzahl der Verdächtigen erhöhen. Fingerabdrücke habe ich genug. Und davon ziemlich viel. Nämlich leider mindestens zehn verschiedene. Da waren ein paar neugierig oder als Gruppe unterwegs. Andreu hätte die beiden Mädels mal fragen können. Im System ist jedenfalls keiner von denen zu finden. Und ein weiterer Anhaltspunkt wäre die Anzahl der Tiere. Zwei ausgewachsene Schweine brauchst du für so eine Menge. Wo hat er die gekauft?"

„Welche Farbe hatten die Fässer denn ursprünglich? Vielleicht kann ich im Hafen oder den Industriegebieten so vorgehen."

„Auch ein guter Gedanke. – Unter Umständen falsche Hoffnung. Bislang drei verschiedene Anstriche. Drei waren zuvor weiß, drei rot-weiß-blau und die kleinen schwarz. Das heißt, die ersten fünf waren auch schon unterschiedlich. Vielleicht absichtlich. – Ach ja! Der Zettel! Ein alter Aufkleber mit Adresse und Verschiffungsdatum. Die Adresse von *Servicios Náuticos,* im Hafen von Palma." Ricardo machte eine Pause, „... und das Datum ist leider der 27. April 1987. Das wird nichts. Und hast du schon mal auf den Stadtplan geguckt? Wie viele Industriegebiete es gibt?"

„Wie immer hast du mir enorm weitergeholfen." Miguel stöhnte. „Bleibt mir wohl nichts anderes übrig, als nach all den *Hnos. Garcia* zu schauen, die es damals gegeben hat."

„Oder *jetzt* nicht mehr gibt."

135

Sanchez Olivero stöhnte. Doch dann fiel ihm etwas ein: „Kannst du was zu dieser blauen Farbe sagen?"

„Hat SEAT verwendet. Hat – wohlgemerkt. Ist nämlich dreißig Jahre her. Für das Modell Ibiza zum Beispiel."

„Na, das ist doch was. Immer muss man dir alles aus der Nase ziehen. Und die verbrauchte Menge?"

„Reicht – wenn du es ordentlich machst – für eine komplette Seite oder Front."

„Unter Umständen ist ein solches Fahrzeug noch angemeldet. Wenigstens ein kleiner Ansatz."

„Ich vergaß: In allen großen Fässern waren zuvor Schmierstoffe drin, in den kleineren Diesel. Lebensmittelecht ist also was anderes. Die wollten definitiv das Zeugs loshaben. Denn schon nach nur ein paar Stunden wäre der Inhalt von den Resten dieser Betriebsstoffe kontaminiert gewesen."

„Ich lass dich jetzt noch ein paar Minuten reden, vielleicht kommen noch mehr Details und am Ende bleibt nur ein Name übrig." Miguel schüttelte den Kopf und lachte.

1. Oktober, 10 Uhr 45

„Hätte mich auch gewundert, wenn du einmal ohne mich ausgekommen wärst", lachte Eduardo schmetternd ins Telefon, „aber ich sage dir gleich: Ich habe keine Ahnung."

„Wie willst du das wissen? Ich habe doch noch gar nichts gesagt."

„Ich denke, du rufst entweder wegen Inés oder Elena an. Inés hat eine neue Kollegin, die sie beschützen wird. Sie ist nämlich eine Riesin, eine kraftstrotzende *giganta*, vor der selbst ich Reißaus nehmen würde. Vielleicht hat

Elena bald einen neuen Chef. *Señor profesor* der Pathologie im *Son Espases* geht nämlich demnächst in Ruhestand. Und keiner will die Arbeit da unten im Keller machen und ich weiß, dass er ihr am liebsten seinen Posten sofort übergeben würde."

Wieder lachte er.

„Davon hat mir weder Inés noch Elena etwas erzählt", erwiderte Miguel. Immerhin hatte Eduardo in seiner Aufzählung nicht noch Gabriela erwähnt.

„Siehst du. Schon hat sich dein Anruf gelohnt. Oder machst du inzwischen schon an Gabriela herum?"

Sanchez Olivero seufzte und starrte, das Gesicht verziehend, auf Ricardos Papiere vor sich. Bevor er etwas sagen konnte, fuhr Eduardo fort:

„Sie wird es besonders belasten. Ich weiß leider aus guten Quellen, dass der Inselrat schon an den nächsten Beschränkungen arbeitet, die er schon in ein paar Tagen nach und nach bekannt geben wird. Die erste heißt wieder Masken, dann doch ein weiterer Lockdown und die dauerhafte Schließung der Nachtclubs für den Rest des Jahres!"

„Woher willst du das wissen? Sitzt du in der Kommission?" Miguels Einwurf ähnelte eher einem Seufzen als einem Vorwurf, weil Eduardo doch keine Ahnung haben konnte. Der ging nicht darauf ein und forderte Miguel stattdessen auf:

„Also, sag mir die Namen und ich kann dir eventuell etwas erzählen."

„Hermanos Garcia. Mehr weiß ich nicht. Und ich kann nicht einmal sagen, ob es sich dabei um eine Spur handelt. Die nächsten Puzzlestückchen heißen: SEAT Ibiza, dreißig Jahre alt, *Servicios Náuticos,* Palma und eine verhunzte Sobrassada in mindestens neun unterschiedlich großen Spundfässern, die wir auf der halben Insel verstreut gefunden haben."

Am anderen Ende war es still. Vollkommen still. Kein blechernes Lachen, kein Räuspern, nicht mal eine missmutige Reaktion. Dann doch:

„Das erste Mal, dass ich das Gefühl habe, von dir auf den Arm genommen worden zu sein."

„¡Perdón! Mehr habe ich tatsächlich nicht."

Miguel erzählte ihm, wie nach seinem Empfinden alles zusammenhing, und machte auf den Blättern vor sich hinter jedem der festgehaltenen Dinge, damit er nichts vergaß, einen Punkt. Mit:

„... und laut Ricardo ist das Blau eine Autofarbe. Wahrscheinlich um die dreißig Jahre alt. Ich sagte ja: SEAT Ibiza", beendete er seine Schilderung.

Wieder Stille. Dieses Mal schien Eduardo aber zu überlegen. Miguel hörte ein tiefes Durchschnaufen.

„Und ich sag dir, das klingt nicht professionell. Da hat unter Umständen eine verschuldete *charcutería*, also ein Wurstwarengeschäft, versucht ein bisschen Geld gutzumachen und eine Pseudo-Sobrassada hergestellt. – Was hast du gesagt? Zwei Schweine? Die bekommst du überall her. Gerade jetzt in diesen Zeiten. Die ganzen Restaurants fallen als Abnehmer aus. Also bastel ich mir einen neuen Kundenstamm. Und das ist gehörig in die Hose gegangen. – Aber in diesem Umfeld würde ich mal suchen. Wenn ich was höre, sage ich Bescheid. Aber in diesem Bereich – Fleischhandel und dergleichen – hört mein Netzwerk auf. – Leider."

„Du hast recht. Ich habe zwar keine Ahnung von Wurstherstellung, alles was ich weiß, habe ich aus dem Internet oder von Ricardo, aber ... auch wenn auf der Liste hier kein solches Geschäft verzeichnet ist, schaue ich einmal in die Listen der Steuerbehörde, vielleicht gibt es da offene Fälle und derjenige wollte auf diese Weise seinen Eintrag bezüglich Steuerschulden löschen."

„Gute Idee! – Und ... ach ... falls du jetzt was mit Gabriela anfangen solltest, sei lieb zu ihr. Sie hätte es verdient."

„Ich glaube, ich suche mir eine ganz andere. Was weiß ich, so was wie eine Fernbeziehung, die du nicht kennst, du weißt ja immer schon über alles Bescheid."

„Eben. Ich habe auch Freunde bei der Post, die dir dann Liebesbriefe bringt."

„Siehst du, das ist der Vorteil vom Internet. Da geht so etwas an deinen Connections vorbei."

„Denkst du. – Warte! – Ich schicke dir ein Bild." Eine Handvoll Sekunden später hörte Miguel den Eingangston für eine Nachricht, er nahm das Handy vom Ohr und sah nach.

Es war das Foto von Elena. Lachend, ohne Oberteil an einem Strand, den er nicht kannte. Es war nicht der von diesem einen Abend, das Bild nicht von ihm und auch nicht besonders alt. Miguel schluckte. Eduardo war ihm spätestens jetzt suspekt geworden.

„Woher hast du das?", fragte er krächzend.

„Das behalte ich lieber für mich. Aber ich verspreche dir: Es hat nicht mit mir oder so, sondern nur mit einem sehr sehr großen Zufall zu tun. Aber Zufälle begleiten mich schon mein ganzes Leben, haben mir geholfen zu überleben und sind inzwischen meine größten und besten Nachrichtenquellen. Sie sind zu fünfzig Prozent mein Netzwerk. Ich werde es gegenüber dir niemals ausnutzen. Ich möchte nur, dass du das weißt."

„Ich bin verloren", stellte Sanchez Olivero nachdenklich fest, „sollte ich jemals heiraten, wirst du mein Trauzeuge. Geht auch gar nicht anders, denn du stehst schon vor dem Traualtar, wenn ich davon noch gar nichts weiß. Ich will deshalb auch gar nicht wissen, woher du das mit Elena weißt. Wahrscheinlich kenne ich sogar ihren neuen Chef."

Nun hörte er doch das blecherne und schmetternde Lachen Eduardos und:

„Klar, kennst du ihn. Du warst mit Inés bei ihm. Leichen angucken. So was spricht sich rum in unseren Kreisen. Eines Tages erfährst du den Trick. – Viel Erfolg! Bei was auch immer! – Und vergiss eines nicht: Ein gewisses Grundvertrauen sollte man schon haben, sonst lohnt sich das Leben nicht."

1. Oktober, 12 Uhr 20

Falls du jetzt was mit Gabriela anfangen solltest, sei lieb zu ihr. Der Satz war hängen geblieben und nicht *wenn ich was höre, sage ich Bescheid* oder das Foto von Elena. Kurz war er versucht, gleich anschließend lieb zu ihr zu sein, aber ihm fiel ein, dass sie heute freihatte. Auf die Stellvertreterin hatte er keine Lust und er lachte auf dem Weg zum Ausgang auf, als ihm dieser Gedanke – Lust – durch den Kopf schoss. Aber Gabriela zu Hause zu besuchen, schien ihm aus vielerlei Gründen zu gefährlich. So ging er geradeaus über die Straße in Tonis Bar in der *Simó Ballester.* Die Bude war voll, gottlob stellte er einerseits fest und andererseits: Dass sie voll war, hatte er noch nie erlebt.

„Ein Fahrradklub aus Peguera", antwortete Toni auf die nicht gestellte Frage, weil er wohl entsprechend verwundert aussah, und bereitete ein paar Sandwichs vor. Ein paar? Mindestens ein Dutzend lagen aufgeklappt nebeneinander vor Toni auf der Theke. Über diesen schwebte die Kunststoffflasche mit der Mayonnaise, die sich spritzend und mit einem passenden Geräusch auf die bereits vorhandene Garnitur aus Tomatenscheiben, Zwiebelringen und Salatblättern verteilte. Miguel zählte. Einundzwanzig Leute. Nur

Männer. Alle mit dem gleichen Trikot. *Hire a bike – Peguera.* Alle mit den gleichen klackenden Schuhen. Das machte ihn nervös. Das Palaver der Truppe ebenso, es war entsprechend laut.

„Spanier aus Valencia, Barcelona und Tarragona. Die dürfen ja nirgendwo sonst hin. Ist ja alles wieder Risikogebiet."

Nun war der Ketchup dran und Miguel schätzte die Zeit ab, die es brauchen würde, bis er sich an einen der Tische setzen konnte. *Also doch Gabriela?* Er kratzte sich am Kopf, nahm einen Stuhl und sagte, „Einen Cortado bitte und wenn du so ein Sandwich übrig hast ...", und setzte sich draußen um die Ecke an die graue Wand in der *Carrer Mateu Obrador.* Vor ihm, statt der üblichen Motorräder in Reih und Glied, deren Fahrräder. Und diese wild durcheinander. Autos kamen dort nicht mehr durch. Die Gespräche, sofern man dieses Getöse so nennen konnte, hörte er auch dort. *Ich bin die ganze Zeit im höchsten Gang gefahren. – Die Bergabstrecke war doch wunderbar, oder? – Hast du den dämlichen Autofahrer gesehen? Der hätte fast ein paar von uns über den Haufen gefahren. – Wahrscheinlich kaufe ich mir die neuen Aero-Felgen und bau noch ein paar neue Züge ein. Das funzt. – Ich hab' noch ein Brot mit Sobrassada dabei. Ich sag's nur, falls du das Sandwich nicht magst.* Der andere hatte wohl den Kopf geschüttelt, denn der ihm das Angebot gemacht hatte, redete nun mit vollem Mund. Der Fall Sobrassada zog auch hier seine Kreise. Miguel schüttelte den Kopf und Toni kam um die Ecke mit einem Tablett und fünf Sandwichs.

„Ich liebe solche Kunden. Machen auch nur die eigenen Landsleute. Bestellen und dann nicht haben wollen. Iss, wenn du magst. Sind alle frisch gemacht. So viel Kundschaft bekomme ich zurzeit nicht."

Miguel inspizierte die Füllung. Sobrassada sah er nicht.

„Danke dir. Ich komme dann gleich wieder rein." Sie schmeckten trotzdem oder gerade deshalb. Als hätte er seit Tagen nichts gegessen, aß er gleich drei Stück, wischte sich danach die Finger an einer der Servietten ab, schaute auf die Uhr und nahm sein Handy. Kurz sah er das Bild der halb nackten Elena vor sich, obwohl es nicht auf dem Display sein konnte. Er blickte hoch und starrte eines der Fahrräder an. Ein hoch technisiertes und filigranes Teil. Elena musste nochmals warten.

„Hallo mein Sohn", sang er schon fast ins Telefon, nachdem Vicenç abgenommen hatte. Der lachte und war mächtig stolz. *Sohn.* Eine neue Steigerung. Wo würde das noch hinführen? Dann fuhr Sanchez Olivero ernster fort: „Ich könnte tatsächlich dein Können für das Internet gebrauchen. – Oder wo immer du etwas in der Welt suchen würdest."

„Wann?"

„Gestern."

„Wo?"

„Nicht in der Burg. – Hast du Hunger? Ich hätte hier noch zwei wirklich leckere Sandwiches. Bin im *La Tapita* gegenüber. – Wie lange bräuchtest du?"

„Mit dem Skateboard zehn Minuten."

„Danke!"

~~~

Es wurden dann doch zwanzig Minuten.

„Das Ding ist falsch eingetragen. Die GPS-Daten stimmen nicht", meinte Vicenç.

„Ist dann doch nicht so dolle mit dem Internet?"

„Ist immer so gut, wie der, der es eintippt. Wenn das also eine Niete war oder ein gelernter Metzger, statt Kommunikationstechniker oder so ... Ich hab' da schon die dollsten Dinger erlebt."

„Ich sag's Toni", entgegnete Miguel und deutete nach hinten. Zwei Minuten bevor der Junge auf seinem Board angebraust kam, waren die Radfahrer grölend verschwunden. Nächstes Tagesziel ein Schnellimbiss in Magaluf. Vielleicht sollte er anrufen, damit die Erwartungen dort nicht zu hoch wären. Stattdessen legte er Vicenç die Liste mit den Namen hin.

„Wenn du etwas über die erfahren wolltest, wie würdest du vorgehen?"

„Was hast du bisher gemacht?", wollte der mit ernstem Blick wissen, als sei er ein Lehrer, der die Arbeit seiner Schüler nach dem Unterricht kontrollieren musste. Miguel erklärte es ihm lächelnd mit zwei, drei Sätzen.

„Da habe ich nicht viel mehr zu bieten", meinte Vicenç wohlwollend. Fehlte nur noch, dass er Miguel auf die Schulter klopfen würde. Dann fügte er hinzu: „Die Auskunftsportale der Wirtschaftsagenturen wirst du dir ja schon angeschaut haben. Deshalb würden mir nur noch die Registrierungen in der Handelskammer einfallen. Schau ..."
Zwei nervige Fliegen flogen plötzlich über das Display von Vicenças Handy. Die Nahrungsgrundlage Sandwich war zu deren Leidwesen in seinem Bauch verschwunden. Der Junge ließ sich nicht beeindrucken und schaute nur kurz zu, denn im nächsten Augenblick klebte eine davon auf dem kleinen Bildschirm. Er hatte also auch eine schnelle Hand. Vicenç wischte das Display ungerührt mit einem *Blödes Vieh!* an seinem Hosenbein ab. Miguel grinste. Die zweite Fliege hatte das Weite gesucht. Dann blinkten vier Einträge auf.

„Die gibt es seit längerer Zeit nicht mehr. Wie heißt das bei euch? Unehrenhaft entlassen, wenn ich den Eintrag richtig deute. Haben nämlich Bankrott gemacht. Zu viele Schulden."

Der Junge gab Miguel das Handy, der die Einträge mit zunächst zusammengekniffenen Augen durchblätterte und anschließend die Brauen anerkennend hochzog. Sein Kopf war wohl durch Inés, Elena und Gabriela zu sehr abgelenkt gewesen.

„Hätte ich natürlich auch draufkommen müssen", tadelte er sich selbst, „aber so macht es mehr Spaß. Gute Arbeit, *Subinspector*. Hast du Zeit? Dann fahren wir zusammen ein paar von den Adressen ab."

1. Oktober, 14 Uhr 50

Vicenç hatte Zeit. Und freute sich. Miguel schien ihm gegenüber seit der Sache mit den Raubüberfällen an den Discos wie ausgewechselt. *Sohn. Subinspector.* Das nannte man Karriere! Was konnte jetzt noch kommen? Kollege? Zusammen klapperten sie nun die vier Adressen ab. Um mal einen Eindruck zu bekommen, wie Miguel meinte. Die erste war bei *Son Fiol.* Und gleich ein Treffer, der nichts einbringen würde. Vielleicht fänden sie noch ein, zwei Fässer. Diese wären aber wahrscheinlich vollkommen verbeult und daher nicht mehr gut zu verwenden. Was vorher hier gewesen war, ließ sich durch das Chaos an Gerümpel nicht mehr erkennen. Alte Autos ohne Räder, Kisten, Bretter, große verrottete Holzplatten, Türen, zerbrochene Fenster, ein altes Boot. Manches von zerrissenen und verdreckten Planen abgedeckt, die bereits vor Jahren ihren Geist aufgegeben hatten. Dazwischen ein paar größere Bäume und Büsche, die sich wohlzufühlen schienen und zwischen dem ganzen Zeug oder – wie bei dem Boot – mittendurch durch den Rumpf nach oben wuchsen. Zwischen all dem Schrott eine Hütte, die so zugestellt war, dass man keine Fenster oder Türen sehen konnte. Das Dach war jedenfalls marode. Nur noch am Tor hing das Firmenschild *Hnos. Garcia, artículos comerciales,* Handelswaren. Das konnte alles sein. Trotzdem stiegen sie aus. Zu sehen war natürlich niemand. Wer sollte auch auf das ganze Zeug aufpassen wollen. Irgendwie erwartete Miguel trotzdem, wie vor über einem Jahr, einem Typ, so breit wie ein Kleiderschrank und schmutzig wie die Gosse, zu begegnen. So geschehen, als sie im Fall der Mädchen Zeugen suchten und später die zutätowierte Crito, die Schwester dieses Monstrums, fanden.

„Was sagt dein schlaues Gerät dazu?", wollte Sanchez Olivero wissen, drehte eine Runde und machte mit seinem Handy ein paar Fotos von dem Gerümpel.

Vicenç tippte, vergrößerte und machte komische Geräusche. Sanchez Olivero schmunzelte. Dann ein enttäuscht klingender Ton. Der Junge las vor:

„Firma wurde vor sechs Jahren im Register gelöscht. War zahlungsunfähig. Dann hat man wohl ein *embargo,* eine Pfändung, durchgeführt. Und die hat nicht viel gebracht. Jetzt ist das Grundstück nicht mehr in deren Händen, sondern gehört einer *Oficina de Cobranza,* einem Inkassobüro."

Vicenç schaute auf und begutachtete mit verzogenem Mund das Grundstück.

„Was wollen die da noch holen?"

Sanchez Olivero zuckte mit den Achseln.

„Wenn ich das wüsste. Vielleicht haben die mit dem Grundstück zu spekulieren versucht oder krumme Geschäfte gemacht. Schau dir den Kram doch an! Mehr als Dreck ist das ja nicht. – Ist noch ein Besitzer eingetragen?"

„Ein L. Garcia. Hat nie Umsätze angegeben. Und in Klammern steht ein Kreuz hinter dem Namen."

„Schlecht. Dann passt das wieder nicht. Die Fässer sind ja erst vor drei Tagen da hingekommen."

„Wir haben ja noch drei Adressen. Wollen wir los?"
Sanchez Olivero studierte die Liste. Die nächstgelegene
Adresse war nicht weit vom *Son Llàtzer* entfernt.

„Also gut! Dann mal los."
Er gab Vicenç die Daten durch. Fünfzig Meter später
bremste er schon wieder ab. Der Junge hatte alles ein-
gegeben und den Stadtplan aufgerufen.

„Da ist nichts mehr", meinte er, „da ist jetzt ein Gar-
tencenter. Das kenn ich. Das gibt es schon länger."

„So machen wir weiter", stöhnte Miguel, aus einem
möglichen Kaffee mit Elena, den er spontan und heim-
lich eingeplant hatte, als er die Adresse gesehen hatte,
wurde nun auch nichts. Hatte sie da überhaupt noch zu
tun? Er wunderte sich über sein Unwissen bezüglich ihrer Anstellung und Aufgaben im *Son Llàtzer*, irgendwas
lief seit einiger Zeit falsch zwischen ihnen. Gefragt
hatte er alleerdings auch nie. Er schüttelte den Kopf
und fuhr fort: „Dann sind wir zwar schnell fertig, aber
keinen Schritt weiter. Nummer drei?"

„Von hier aus südliches Ende von *Son Sardina. Cami
de Passatemps.*"
Zwanzig Minuten später fuhren sie an einer Mauer mit
einem aufgesetzten Maschendrahtzaun entlang, der
wiederum mit einer angehefteten grünen Plane die Einsicht aufs Grundstück erschwerte. Miguel blieb hundert
Meter weiter neben der Mauer in einer Einfahrt stehen.
Dann an dem an manchen Stellen nicht mehr ganz
blickdichten Sichtschutz vorbeilaufend, schielten er
und Vicenç immer wieder unter diesem durch und damit auf das, was sich dahinter wohl verbergen mochte.
Am geschlossenen Tor hing ein Schild. *Hermanos Garcia*, Landwirtschaftszubehörhandel. Es roch nach einer
Mischung aus Staub, rostenden Metallen und verrotten-
dem Grünzeug. Die besser riechende Natur musste
draußen bleiben.

„Ach", meinte Miguel, „sieht fast so aus wie vorher. Schrott und Gerümpel. Und Fässer stehen da auch rum. Zwar nicht in Blau, aber solche Fässer."

Er schaute sich um und suchte eine Klingel. Dann drückte er die Klinke und lehnte sich etwas gegen das Tor, das aber abgeschlossen war.

„Wäre natürlich auch zu schön gewesen."

„Machen wir ein Ausrufezeichen dran? Wer weiß, was ihr da später alles finden könnt."

Miguel nickte.

„Ja. Auf jeden Fall." Er deutete auf die grünen Planen. „Sieht doch aus, als wenn er etwas zu verbergen hätte, oder? – Gibt es sonst noch etwas dazu?"

„Als *director general,* also Geschäftsführer, ist kein Mann, sondern eine Eulalia Bixaren Vell eingetragen."

„Hoffen wir, dass sie wenigstens eine Verwandte eines Garcias ist. Bleibt Nummer vier."

„Ist in *Establiments.*"

„Nun gut."

Die schmale Straße führte an einem Hang entlang. Links und rechts höchstens Oliven- und Mandelbäume. Die Grundstücke waren gepflegt. Auf einem waren ein paar Ziegen und weiter hinten ein alter Mann, der mit einem krummen Buckel etwas zusammenrechte. Kurz schaute der mit schmalen Augen skeptisch hoch und stützte sich auf dem Stecken ab, nahm dabei seinen Strohhut ab, kämmte sich durch sein spärliches Haar und setzte ihn sogleich wieder auf.

„Hier muss es sein", rief Vicenç plötzlich und zeigte nach links. Gerade waren sie noch an einer Mauer mit einem aufgesetzten Zaun vorbeigefahren. Hinter diesem eine Villa. Viel zu modern, um als Finca bezeichnet werden zu können. Jetzt allerdings wurde das Grundstück lediglich von einer etwas ramponierten Trockensteinmauer ohne weiteren Schutz begrenzt. Ein seit

Langem nicht mehr genutzter Weg führte hinein. Sie hielten in der Einfahrt an und stiegen aus. Blühende Grasbüschel reckten sich auf dem weiteren Verlauf des Weges hinter dem Tor nach oben. Zwischen diesem und dem Ende des Weges jede Menge Ziegenköttel, in den Büschen daneben eine Armada von Zikaden, die Lärm machte, und weiter hinten ein Schuppen, wie so häufig aus Wellblech und großen Brettern. Daneben ein alter aufgebockter Traktor mit nur drei Rädern und ein Hänger. Auf diesem wiederum der verblichene Schriftzug *Hnos. Garcia.* Seit mindstens einem Jahr war hier keiner gewesen.

„Der steht schon eine Weile", konstatierte Sanchez Olivero, „ich befürchte eine weitere Nullnummer und eher ein Fall für die Steuerbehörde. Wenn überhaupt. Der hat schon lange nichts mehr transportiert. So schnell kann's gehen. Das war's. – Aus vier mach zwei. Und die zwei vorher sahen auch nicht besonders vielversprechend aus. Oder weißt du anderes?"
Der Inspector tippte an Vicenços Handy. Der schüttelte nur mit heruntergezogenen Mundwinkeln den Kopf.

„Okay! Dann gibt's jetzt eine *horchata.*"
Sanchez Olivero klopfte ihm mit einem leisen Seufzer auf die Schulter. Der Junge schaute mit zusammengepressten Lippen stolz und blinzelnd zuerst den Inspector an, dann zum strahlend blauen Himmel. Der Sommer nahm noch einmal Schwung und ließ die Sonne brennen. Morgen oder übermorgen, wenn die AEMET, die *Agencia Estatal de Meteorología* und deren App auf seinem Handy recht hatten, sollte damit Schluss sein. Er deutete nach oben:

„Das ist die bislang beste Idee des Tages", meinte er deshalb.

1. Oktober, 15 Uhr 05

Valeria spreizte die Öffnung der Tasche und linste hinein. Die Packung lag gleich obenauf.

„Und?", fragte sie und fischte sie heraus.

Sie erhielt ein knappes Kopfschütteln zur Antwort.

„Sollen wir zusammen?", wollte sie nun wissen.

Wieder ein Kopfschütteln und:

„Ich habe mit ihm noch nicht darüber gesprochen. Und vielleicht ..." Inés brach ab. Immerhin stimmte das zur Hälfte.

„Und vielleicht was?" Valerias nächste Frage.

„Vielleicht ist es ja was ganz anderes."

„Quatsch. Was soll's denn sein? Mach den Test und du weißt darüber schon mal Bescheid. Alles andere siehst du dann."

„Ja doch. Ich weiß. Aber ..."

„Mein Gott, was hast du? Warum drückst du dich?"

„Es könnte sein, dass Ramon nicht der Vater ist. Sondern Miguel."

„Ach du Scheiße. Also auch noch ein Vaterschaftstest. Hast du es so toll getrieben?"

Inés nickte, schüttelte den Kopf und zuckte mit den Achseln. Es folgte pusten, räuspern, krächzen. Mit einer Hand schloss sie unter Valerias Händen die Tasche. Die sah Inés dabei sinnierend zu:

„Und wenn du es trotzdem Ramons Kind sein lässt? Ihn liebst du doch, oder?"

Endlich ein eindeutiges Ja von Inés.

„Wo ist dann das Problem?"

Inés sah an ihr vorbei. Sie konnte es Valeria nicht sagen. Dabei war doch Ramons Antwort in der Nacht gar nicht so schlecht gewesen. Nur der Name bescheuert. *Amaro.* Trotzdem zweifelte sie. Er schien ihr auch nicht ganz bei der Sache oder ehrlich zu sein. Nun ja, sie waren ja anders beschäftigt. Von ihrer Seite aus nicht ganz un-beabsichtigt. Im Gegenteil, sogar provoziert. Könnte sie ihn später doch auf dieses Datum hinweisen. Und schon im nächsten Moment wurde sein Ding riesig und er ergoss sich mit einem verschluckten Grunzen in ihr.

„Mein Gott, es wird immer besser. Ihr habt überhaupt noch nie darüber gesprochen", stellte Valeria fest und zog die Augenbrauen hoch. „Dann könnte es natürlich kompliziert werden. Weiß Miguel schon was? Immerhin kommt … kam er mit deinen Jungs gut aus. Vielleicht würde er …"

Inés stöhnte auf, nahm die Tasche unter Valerias Händen weg und stellte sie neben sich auf den Boden. Gut, dass Valeria den Inhalt nicht kontrolliert hatte. Und – wie kann man darüber sprechen? Beim Kaffee? Einfach so? *Du, wir müssen mal miteinander reden, ich hab' mich zwar erst vor ein paar Wochen von dir getrennt, aber ich bin schwanger … von dir?* Das hatte sie schon einmal versucht und sich Prügel eingefangen. Ist das mein Problem? Ich brauch so etwas nicht. Lass es wegmachen. Sie hatte es nicht getan und es über Jahre büßen müssen, nur weil sie dachte, die Kinder bräuchten einen Vater. Und Miguel? Nun gut, prügeln würde er sie sicher nicht und es mochte auch sein, dass er verständiger wäre, vielleicht sogar der bessere Vater. Trotzdem:

„… würde er was? Erstens hab' ich mich von ihm getrennt und irgendeinen Grund hatte das ja auch. Zweitens hat er auch wieder jemanden und drittens … glaubst du etwa, er würde jubeln, wenn ich ihm sage, *Du es tut mir leid, aber wir müssen uns wieder zusammenraufen und heiraten oder so, weil … ich bekomme ein Kind von dir.* – Zuvor müsste ich auch mit seiner Zustimmung erst noch prüfen, ob er oder Ramon der Vater wäre. Das ist alles scheißkompliziert."

„Und beide könnten es tatsächlich sein?"

Valeria hatte inzwischen einen Stuhl herangezogen und sich hingesetzt. Jetzt kratzte sie sich nachdenklich am Kopf.

„Ja. – Verdammt. – Miguel am ersten und Ramon am vierten September. – Der Eisprung muss am zweiten oder dritten gewesen sein."

„Und ihr habt euch nicht geschützt", stellte Valeria wieder nüchtern fest, zog die Brauen hoch und schüttelte den Kopf. „*¡Hombre!* Muss Liebe schön sein."

„Und das Leben ist manchmal verzwickter, als man denkt", stellte Inés fest.

„So kompliziert, dass du mit zwei Männern hintereinander in die Kiste springst. Okay, du siehst verdammt gut aus, aber zugetraut hätte ich dir das nicht unbedingt. Aber stille Wasser sind tief. Der eine darf seine Abschiedsvorstellung geben und denkt, alles ist wieder im Lot, und der andere feiert den geilsten Einstand seines Lebens. – Schau dich mal an! So 'ne Optik und Figur nach zwei Kindern."

Valeria beugte sich vor, schüttelte lachend den Kopf und klopfte Inés auf die Schulter. Ein *Bravo* unterdrückte sie. Inés hingegen verzog das Gesicht. Valerias Ungeniertheit, so über das Thema zu reden, machte sie sprachlos. Sie suchte nach etwas, um das Thema zu wechseln. Aber ihr fiel nichts schnell genug ein. Schon war Valeria wieder auf ihrem Posten:

„Wie ist das so, wenn man's mit 'nem jungen Kerl macht? Die werden doch nie richtig satt. Als ich meinen ersten Freund hatte – war dann auch fast der einzige, die anderen zählen nicht – war ich siebzehn und er nicht mal zwanzig. Der wollte nicht mehr runter von mir. Egal, wo wir waren. Auf dem Rücksitz, in der sturmfreien Bude seines Freundes oder nachts am Strand. Der ist inzwischen verheiratet und hat zwei Kinder. Ich wette, seine Frau würde das jetzt gerne auch manchmal haben wollen. – Aber das Licht ist aus. Hat sie mir mal erzählt. – Vielleicht bumst der jetzt auch 'ne andere. Die Typen ticken ja manchmal nicht richtig. Machen ihrer Freundin ein Kind und dann ist die von einem Tag auf den andern nichts anderes mehr als 'ne Mutter. Uninteressant für die eigene Lust. Also such ich mir eine neue, die ich ficken kann. Siehst du doch bei Miguel, der weiß zwar nichts von seinem möglichen Glück, Vater zu werden, aber der ist auch nicht anders. Tür auf, du raus und zack, ist die andere schon drin. Wie heißt sie? Elena?"

Inés schluckte. *Bin ich ja nicht ganz schuldlos dran,* wollte sie sagen und schluckte es herunter. Vielleicht gut so. Zwei Tage mehr in Valerias Händen und sie hätte kein Privatleben mehr und nicht ein einziges Geheimnis. Warum erzählte sie auch so viel?

1. Oktober, 16 Uhr 35

„Gute Arbeit Miguel", lobte Pelleter und schob die Blätter wieder zurück in den Umschlag, „aber der Fall wird – wie Sie es schon richtig vermutet haben – durch unsere Vorgesetzten der Steuerbehörde übergeben. Die haben angeblich schon ein paar Sachen herausgefunden und gehen auch noch einer Firma im Hafen auf den Grund. Schon allein die Eintragungen bezüglich der Adresse sind wohl fehlerhaft. Jetzt will man die ganzen Papiere und Angaben kontrollieren. – Ich hoffe für uns, dass das kein Ablenkungsmanöver ist."

„Nun, das sind wir ja gewohnt", antwortete Sanchez Olivero gequält und vor allem etwas frustriert, „wir räumen den Dreck weg, buddeln die Details zutage und die *Guardia* kassiert das Lob, weil wir gut recherchiert haben, und hängen sich den nächsten Orden an. Uns bleiben jetzt die verrückten Touristen, die meinen, für sie gelten in Virus-Zeiten andere Rechte oder sie seien als Touris immun. Wir dürfen also Strand und Discos putzen."

„Ja, da ist was dran. Bei manchem hat das Virus auch das Hirn infiziert. Keiner wundert sich von denen, dass, bis auf eine Handvoll, alle Länder dieser Welt betroffen sind. In Argentinien zum Beispiel gilt seit Monaten ein Lockdown. In deren Schlangen vor den Essensausgaben stehen oftmals mehr als 1000 Leute. Gott sei Dank sind die meisten vernünftig. Aber ich verspreche Ihnen, die nächste Leiche gehört uns", meinte Pelleter mit einem tröstenden Lachen.

„Eine Leiche muss gar nicht mal sein. Sehnen Sie sich nicht manchmal auch nach einem einfachen Katz-und-Maus-Spiel? Die einen rennen weg und wir fangen sie?", erwiderte Sanchez Olivero, lehnte sich im Stuhl zurück, verschränkte seine Hände hinter dem Kopf und sah an die Decke.

„Ach, das halten Sie doch wie ich auch keine zwei Tage durch, Miguel", stellte Pelleter kopfschüttelnd fest und fügte noch hinzu: „Oder fordert Ihre neue Liebe so viel von Ihnen, dass Sie allmählich aus der Puste kommen?"
Nun lachte er richtig und Miguel stimmte ein.

„Nein. Ich hoffe nicht. Aber eine Ärztin hat für gewöhnlich einen analytischeren Blick auf das Leben." Es war eine halbe Lüge. „Das führt zu anderen Gesprächen am Abend." Die Lüge war komplett.

„¡Hombre! Miguel. Frisch verliebt ist dann doch anstrengender, als ich gedacht habe." Pelleter verzog das Gesicht und es klang tatsächlich mitleidig.

„Ich werde mit Ihrer Erlaubnis in dem Fall trotzdem noch mal nachhaken. Die nackten Details, Steuerhinterziehung, mögliches Schwarzgeld, Schuldentilgung, erklären nicht immer den Grund und schon gar nicht das Leben, das einen dazu getrieben hat ...", antwortete Miguel, ohne auf Pelleters Äußerung einzugehen. Was sollte er ihm auch erzählen? Elenas Geschichte, die er selbst wohl nicht genug kannte? Oder dass mit jedem Vorhang, den man aufzieht, zwar mehr Licht an alles kommt und dennoch auch Schatten sichtbar wird? Manchmal mehr, als man in diesem Moment glaubt. Und er sich sicher war, dass dieser in nächster Zeit noch dunkler würde?

Pelleter war seit Langem verheiratet. Gut, wie es hieß. Seine Frau stand im Leben, war sein Gegenpart und seine älteste Tochter hatte inzwischen ihren Weg ins Leben gefunden, die jüngere war noch auf Suche. Nichts Ungewöhnliches in ihrem Alter. Diego war nicht besser. Mädchen höchstens weiter. Aber sicher würden ihre Eltern bei allem Unverständnis für manche ihrer Reaktionen mit Geduld den richtigen Weg weisen.

Elena war für solche erzieherischen Maßnahmen zu alt. Aber wie könnte er helfen? Befürchtete er doch, noch nicht alles über ihr Leben und vor allem ihre Vergangenheit erfahren zu haben. Was wäre wenn? Er wollte sich manche Möglichkeit lieber nicht vorstellen, befürchtete aber gleichzeitig, dass die ein oder andere Überraschung sicher noch auf ihn zu warten würde. Er hoffte allerdings, sich zu täuschen. Wieder kam ihm das Bild von ihrem Handy in den Sinn und er dachte doch an all die Möglichkeiten, wann, wie und durch wen es zustande gekommen war, und wollte es doch nicht wissen. Hatte sie mit der Sanz doch mehr zu tun und unternommen, als sie berichtet hatte? Sie wohnte zwar bei ihm, aber war da noch ein anderer Mann? Ruiz Castedo etwa, von ihm hatte sie unlängst einmal gesprochen? Oder Vasquez oder wer auch immer? Hier auf der Insel? Ihr Blick auf dem Foto war verstörend zufrieden und schaute nicht ihn an.

„... immerhin hätten, wenn es gut gelaufen wäre", unterbrach er seinen Gedankengang und lenkte sich selbst damit ab, „vierzig- bis fünfzigtausend Euro dabei herausspringen können. Das ist doch sehr verlockend. Jetzt interessiert mich, was für ein Typ das gewesen ist. Ich werde, wenn Sie alles erlauben, erstens dem noch etwas nachgehen und zweitens aber nur Ihnen Bericht erstatten. Ich habe, wie Sie ja nun wissen, einen Verdacht. Ich befürchte, die Steuerbehörde versucht mit unseren Ergebnissen sich tatsächlich ein paar Gründe zu schaffen, um im eigenen Interesse woanders nachforschen zu können. – Oder, noch schlimmer, es nicht zu tun."

Pelleter seufzte und nickte.

„Passen Sie auf. Die lieben Kollegen sehen das ja gerne als Nestbeschmutzung. Andererseits ... sollten wir von solchen Dingen erfahren, haben wir ja auch wieder etwas in der Hand. Das könnte uns in einem nächsten Fall dienlich sein. Dann wäscht eine Hand die andere. – Sie wissen ja, ich würde mich freuen, wenn wir als Nationalpolizei endlich mehr Zuständigkeiten hätten."

Jetzt grinste Sanchez Olivero.

1. Oktober, 18 Uhr 55

Wenigstens ein paar Stunden wollte sie helfen. Die Situation im Krankenhaus hatte sich zugespitzt. Ärzte und Pfleger waren reihenweise in den Krankenstand gegangen. Dazu kamen jede Menge Neuinfizierte. Das eigentlich eher ungefährliche Norovirus hatte die befürchtete Hartnäckigkeit und Gefährlichkeit erreicht, die sie schon im Labor kennengelernt hatte. Dort hatten sie herausgefunden, dass die Mutationen ein gefährliches Eigenleben entwickelten. Kein Wunder, könnte man sagen, sie suchten einen Impfstoff und das Virus wollte natürlich, wie alle anderen auch, überleben und schaltete die anderen Viruslinien aus. Die neue Variation wurde schlichtweg ansteckender. Die nächste Welle rollte an. Wie das aktuelle Geschehen zeigte.

Sie sah schon die nächsten Schlagzeilen, die jedem zeigen würden, was nicht nur in den Krankenhäusern los sein würde, sondern auch in den Familien, Schulen und Firmen. Sie war davon überzeugt, ein nächster drohender Lockdown würde die Situation in vielerlei Hinsicht verschärfen. Streit und Schläge in den Familien wären noch fast die kleinsten, ja, nahezu alltäglichen Probleme. Prügel und Gewalt, mit all den bekannten und brutalen Aggressionen, eher die nächste Folge. Sie hatten jetzt schon die ersten Einlieferungen zu verzeichnen, die mit blutenden Verletzungen darstellten, was im noch größeren Stil folgen könnte: Platzwunden, Knochenbrüche, verstörte und vollkommen verängstigte Opfer. Verursacher in den meisten Fällen: Männer. So auch in den Schulen. Jungs prügelten sich mit anderen und immer mehr Mädchen litten ebenfalls immer häufiger darunter. Die Lehrer schienen machtlos oder wurden sogar selbst zu Opfern. Und in den Firmen wurden die ersten Mitarbeiter entlassen und somit in tiefe finanzielle Krisen gestürzt. Überleben hatte schon jetzt eine neue Bedeutung erfahren. Die Psyche wurde nicht nur auf die Probe gestellt, sondern wie die Körper langfristig und sichtbar verletzt.

Keine Stunde her hatte sie ein kleines Mädchen versorgt, das mit ängstlichen Augen ihre Hände verfolgte, als sie eine Schnittwunde versorgte. Egal, wie sie es anstellte, Elena bekam nicht heraus, wie es zu der Verletzung gekommen war, und die Mutter stand neben der Kleinen mit einem unwirklichen, wie in Stein gemeißelten Lächeln. Sie zuckte nur mit der Schulter und meinte, sie sei leider nicht dabei gewesen. *Nicht dabei gewesen.* Die drei Worte schienen Elena genug zu beschreiben. Sie hatte in dieser Hinsicht genug erlebt. Und jetzt war sie auch noch schuld daran. Irgendwie. Und sie hatte sogar ein eigenes Opfer. – Miguel.

Wegen all diesem war sie schon den ganzen Tag unkonzentriert und viel zu nervös. Nach einem Glas Wasser, das ihr aus der Hand gefallen war, und einem später amateurhaften Verbinden eines Armes hatte sie vorhin eine simple Spritze falsch angesetzt und deshalb danebengestochen. Dies hatte einen spontanen Bluterguss zur Folge. Und nur Minuten später stand sie mit dem falschen Krankenblatt beim falschen Patienten. Sie sog die Lippen ein, entschuldigte sich und saß nun mit zitternden Händen im Ärztezimmer und starrte auf ihre ruhelosen Finger. Dazu kamen die Erinnerungen an das gestrige Telefonat mit ihrer Mutter und die rüden, knapp zwanzig Minuten danach bei ihm. Ganz zu schweigen von ihrer Lüge gegenüber Miguel in der Nacht – *frauliches Problem* –, alles zusammen hatte wahrscheinlich nicht nur diesen Tag, sondern alles versaut. Mein Gott, sie sammelte Katastrophen. Nicht einmal heulen konnte sie jetzt.

Ein Bild des Nachmittags vom Vortag kam ihr in den Sinn. Der wie all die anderen fähig war, ihr Leben vollends zu zerstören. Jetzt sogar obendrein die erste wahre Liebe. Die zu Miguel. Wie der Schatten eines schweren dunklen Traums, aus dem man am liebsten aufwachen wollte, aber nicht konnte, schoben sich diese Minuten mit all ihren hässlichen Bildern in den Kopf. Bislang konnte sie solche am nächsten Tag erfolgreich verdrängen, weil sie im Moment ihres Entstehens aufgehört hatte, Elena zu sein. Sondern sich lange vorher schon voller Ungeduld und dieser heimtückischen Erregung und Lust von einer Folie abgelöst hatte. Von der Folie

Elena, dem Leben im Krankenhaus, dem mit Miguel, dem viel zu lang vergangenen mit Papa. Die einzelnen Abschnitte darin waren kurz, vielleicht sogar nur eine Gaukelei, bis ihr Körper schmerzhaft befriedigt und daher fühlbar war.

Jedes Mal ließ sie diese Folie Elena einfach liegen, hob sich von ihr ab und versetzte das Leben in eine Art Pausenmodus, während ihr abgelöster Folienkörper einer unerklärlichen physikalischen Anziehungskraft folgte – auf der Suche nach Schmerz. Am gestrigen Abend hatte sie es also – wenn auch wieder einmal mit einer Lüge – noch geschafft, Miguel davon zu überzeugen, dass *es* nicht ging. Ein frauliches Problem. Er hatte nichts entgegnet und sie war eingeschlafen.

Aber nun war dieser Nachmittag präsent. Intensiver als sonst. Dunkel und schwer. Mit all seinen Lügen, mit dem Betrug gegenüber ihrem Leben und dem von Miguel. Der falsche Körper durchstach ihren mit aller Gewalt. Was für ein herrlicher Schmerz. Nichts davon konnte sie erklären. Versuchte sie es, folgte ein Sammelsurium von kruden Geschichten, Ausreden und weiteren Lügen. Keine der älteren wurde aufgelöst, immer kamen neue dazu. Es musste ein Ende haben.

Als sie die Tür hörte, schob sie schnell die Hände unter den Tisch und tat, als würde sie einen Artikel in der Zeitung vor sich studieren. Sie nickte Teresa beiläufig zu, die ihre Maske abnahm, sich ihr gegenübersetzte und sie forschend ansah. Sie kannte den Blick gut genug. Spätestens jetzt hatte sie verloren.

„Alles klar?", fragte Teresa dann auch schon und ihre Augen wurden zu Schlitzen. Sie war schneller im Bilde, als Elena es lieb sein konnte. Ihr Kopf hingegen wackelte indifferent hin und her und auf und ab.

„Ja ... schon ... aber ... eigentlich auch nicht", erwiderte sie so neutral wie möglich.

„Das klingt nicht gut. Und du siehst auch ganz schön mitgenommen und blass aus. Bleich würde ich sogar sagen. – Und mir fällt das schon seit ein paar Tagen auf, abgenommen hast du auch in letzter Zeit. Dabei warst du schon vorher alles andere als dick. – Probleme?"

Wieder dieses Kopfwackeln.

„Nicht, was du denkst ... also ich mein, mit Miguel ... es ist ...", sie brach ab.

„Also?"

Teresa war bereits in der Phase der Anamnese und professionell genug, auch in diesem Fall wichtige und potenziell medizinisch relevante Infos herauszubekommen. Elena wusste das selbstverständlich und sah zur Tür, um zu kontrollieren, ob sie geschlossen war. Bloß keine weiteren Zeugen jetzt! Die Hände unter dem Tisch verknotend zögerte sie einen Moment, seufzte und begann dann leise und langsam:

„Was würdest du sagen, wenn ein Patient impulsiv, mitunter aggressiv, hyperaktiv, nymphomanisch, unkonzentriert und nebenbei auch noch untreu ist, obendrein ständig aus der Reihe tanzt, vielleicht auch zu viel trinkt. Welches Krankheitsbild würdest du sehen?"

Teresa schaute Elena lange an – ernst war untertrieben – und streckte dabei langsam den Kopf in die Höhe, als würde sie sie unter einer Brille hindurch fixieren. Dann verschränkte sie die Arme, lehnte sich zurück und meinte genauso leise:

„Du sprichst von dir. Stimmt's?"

Elena hob die Hände, die sie bis dahin unter der Tischplatte versteckt hatte, und streckte diese wackelnden, an ihr völlig fremd wirkenden Dinger Teresa entgegen. Die zog die Augenbrauen hoch.

„Einiges davon wären auch Symptome von ADHS", diagnostizierte Teresa und atmete tief durch. Dann schnaufte sie anschließend und sah verständnislos kopfschüttelnd an Elena vorbei. „Eigentlich eine psychische Störung, unter der für gewöhnlich Kinder leiden. Und du meinst, du hättest das?"

Teresa musterte Elena, die ihre Hände versuchte mit aufgerissenen Augen zu hypnotisieren, damit sie aufhörten zu zittern. Doch es wollte einfach nicht gelingen. Wieder verknotete sie die Finger und legte dann ihre Hände auf dem Tisch ab. Mit zur Seite gelegtem Kopf und einer nachdenklichen Miene nickte sie, sog abermals die Lippen ein und sah wieder zur Tür. Es half nichts, wenigstens ein bisschen sollte sie erklären:

„Es gibt da eine Menge Schatten, die mich einholen und verfolgen. – Es ist kompliziert. – Sie haben mit meinem Leben zu tun. Nicht mit dem, was ich hier tue, was ich studiert habe, sondern ... Soweit ich weiß, können Erwachsene auch ADHS haben ... bekommen ... oder wie auch immer. Mit besonderen Ausprägungen."

„Wäre für gewöhnlich ein Todesurteil für Ärztinnen. – Auch für Virologinnen. – Bei dem, was du in der Tat als Leistung aber vorzuweisen hast, kann das nicht auf dich zutreffen."

Zum dritten Mal Elenas seltsames Wackeln mit dem Kopf. Teresa hakte nach:

„Nymphomanisch? Untreu? – Hat's doch mit Miguel zu tun?"

Sie hatte schon zu viel preisgegeben. Im Grunde genommen sogar mit Absicht. Der Stau in ihr war zu groß geworden. Teresa war nun mal Ärztin und auch so etwas wie eine Freundin, die einzige hier auf der Insel. Zwar keine Psychologin, aber zumindest Ärztin genug, um auch ohne große Untersuchungen eine treffende Diagnose zu stellen. Elena schaute sie an und übte sich in der seit Minuten eingeübten Kopfbewegung.

„Nein. – Nicht direkt. – Sondern mit mir. Mit dem Schatten ..."

Und sie begann eilig, weil in Zeitnot, und doch auch langsam, weil über manches Detail sinnierend, ob sie es preisgeben konnte, von dem Verhältnis zu berichten. Von dem Mann, der sie seit ein paar Wochen wieder regelmäßig schlug und misshandelte, sie manchmal fesselte und in einer Art und Weise penetrierte, dass sie dies jetzt lieber nicht allzu genau beschreiben wollte. Aber den sie genau deswegen regelmäßig, auch gestern, aufsuchte und – ja – auch begehrte und den sie genau deswegen auch hasste. Wie ihren Stiefvater, Vasquez, die anderen und ihre Mutter.

Und so erzählte sie von diesem Vater, der nicht ihr richtiger Vater war, sondern nur ein zudringlicher sexsüchtiger Kerl, der sie als Dreizehnjährige auf dem Sofa vor dem Fernseher zunächst angefasst, *Na, wie war's?* – was sie aus welchen Gründen auch immer zugelassen hatte – und nur wenig später missbraucht hatte, was sie auch beim ersten Mal – bescheuert wie sie war – nicht nur zugelassen, sondern fast genossen hatte, weil sie einesteils bescheuert neugierig war und gleichzeitig ihrer Mutter damit eine auswischen konnte. Denn die wollte seine Liebe nicht, sondern nur sein Geld und sie, Elena, erhielt schon gar keine Liebe von ihr. Und sie berichtete von dem Glück, das sie mit Miguel erlebte. Ein Glück, das es so doch nicht geben dürfte und welches deshalb nach wenigen Wochen ein schlechtes Gewissen erzeugte, weil ihre Mutter ständig mit tränenerstickter Stimme anrief und sie in Madrid haben wollte. *Er ist nicht so. Er liebt dich. Das weißt du.* Seitdem spürte sie diesen Hunger nach Bestrafung, der sie wie eine Lust überfiel. – Und sie erzählte von ihrem richtigen Vater, dem Papa, den sie liebte.

„*¡Por Dios!* Um Gottes willen! Du musst ihn anzeigen", stellte Teresa fest.

Elena schüttelte den Kopf.

„Er ist nicht schuld. Ich will es ja so. Dass er es so tut, hat mit etwas ganz anderem zu tun. Und genau deswegen gehe ich hin."

„Du brauchst Hilfe! – Rede mit Miguel. Wenigstens das musst du tun. Denn du brauchst auch eine Begleitung. Psychologisch. Die kann er dir zwar nicht geben, aber zu Hause muss jemand sein, der dich auffängt."
Elena winkte ab. Wenn Miguel davon erführe, hätte sie kein Zuhause mehr. Die Art, wie er sie nach ihrem Auto gefragt hatte und mit der er auf das blöde Bild – warum hatte sie es nicht längst gelöscht? – auf ihrem Handy reagiert hatte, war eindeutig. Nach Inés wollte er sicher nicht die nächste Verrückte zu Hause haben.

„Kann sein, dass ich Hilfe brauche", erwiderte sie überraschend ruhig, stand auf und ging zur Tür, „völlig klar eigentlich! Unter anderen Umständen hätte mich Miguel sicherlich begleitet. Aber ich war ihm gegenüber von Anfang an nicht ehrlich genug. Im Gegenteil, ich verstrickte mich in immer mehr Geschichten, Lügen und Ausreden, und somit hätte ich dann sicher kein Zuhause mehr. Ich habe ihn einfach viel zu häufig schon angelogen und im Grunde genommen doch schon betrogen."

1. Oktober, 19 Uhr 10

„*Bon dia!* Gabriela. Entschuldige, wenn ich störe!"
Was für eine bescheuerte Begrüßung, dachte Sanchez Olivero sofort und verzog das Gesicht. Typisch Inspector! Als müsste er sein Kommen zu ihr nach Hause statt in die Bar rechtfertigen. Dann schaute er zur Seite, auch um einen Kuss von ihr zu vermeiden, und damit auf den Namen an der Klingel, Garcia. Dennoch war sein nächster Satz nicht besser.

„Ich will dich auch gar nicht allzu lange aufhalten. Sagen dir die Namen was?“, fragte er, zeigte gleich darauf in der beginnenden Dämmerung auf das Stück Papier in seiner Hand und hielt es Gabriela hin, die immer noch in der Haustür stand und ihn überrascht und wie ein siebtes Weltwunder anschaute. Sein nächster Besuch kam schneller, als sie je gedacht oder erhofft hätte. Auch wenn er mit diesem komischen Blatt in der Hand dastand und mit ungewohnt ernstem Blick den Polizisten mimte.

„Komm doch rauf. Ich mach uns einen Kaffee.“ Und damit er es sich gar nicht erst anders überlegte, nahm sie ihm den Zettel aus der Hand und war schon auf dem Weg zur Treppe. Auf dem Weg nach oben tippte sie auf die Fotografie von Almas Mann an der Wand und sagte halblaut: „Den meinte ich gestern Abend.“ Miguel blickte nur kurz auf das Bild und nickte. Stattdessen verfolgte er sie mit seinen Augen, wie sie die Treppe erklomm. Viel leichtfüßiger als ihre frauliche Figur es vermuten ließ. Sofort schüttelte er den Kopf. Inés hätte sein Vorurteil längst mit entsprechendem Blick bestraft – *Ich weiß gar nicht, was du hast, Gabriela ist doch eine hübsche Frau* – und damit recht gehabt. Und eigentlich war er auch zu alt für hibbelige Mädchen. In ihrer kleinen Küche knipste Gabriela das Licht an und drehte sich in den Schein der Lampe, als würde sie schlecht sehen und das Geschriebene auf dem Zettel nicht lesen können.

„Lorenzo Garcia? – Lorenzo. So hieß auch der Sohn von Joaquin Garcia. Könnte also Almas Enkel sein. Warum fragst du?“
Sie drehte sich zu ihm, sah seine hochgezogenen Augenbrauen und seinen Blick, der noch irgendwo auf ihren Kurven unterwegs war. Mit der freien Hand strich sie deswegen nervös geworden ihre Bluse glatt

und lächelte. Sie musste so oder so endlich etwas unternehmen. Fünf Kilo waren das Mindeste. Und etwas Sport. Vom Tassentragen bekam sie auf Dauer nur einen runden Rücken, schlaffe und herunterhängende Oberarme und von den ganzen Tapas und Gebäckstückchen, die hinter dem Tresen jeden Tag verlockend deponiert waren, nur zu viel Bauch. Immerhin schien sie ihm aber etwas zu gefallen. Dann schaute er auf und wollte wissen:

„Weißt du, was er von Beruf war?"

„Von Beruf? Keine Ahnung. Fleischer, oder so. Hättest du gefragt, was er gemacht hat, hätte ich gesagt, faul auf der Haut herumgelegen, seine Eltern ausgenutzt, als sie noch lebten, und – so erzählt man sich – seine Frau geschlagen. Zutrauen tät ich ihm alles. Draußen vor der Stadt, auf dem Land sozusagen, hatten sie ein schönes Anwesen. Eigentlich. Hat er alles verrotten lassen. – So ein Idiot. Ich hab' ihn Gott sei Dank nur zwei-, dreimal bei Alma getroffen. Wahrscheinlich hat er sie dann angebettelt. Aber eins weiß ich, er war immer besoffen, wenn er zu ihr kam."

Sie gab ihm, immer noch lächelnd, den Zettel zurück und hätte ihn am liebsten in den Arm genommen. Keine halbe Minute später setzte sie die *cafetera,* den Espressokocher, auf die Platte. Dann wendete sie sich wieder Miguel zu, der immer noch mit dem komischen Blatt in der Hand am Türrahmen gelehnt stand und sie wie zuvor anschaute. Langsam, zwar mit immer noch ernstem Blick, aber von oben bis unten. Nach ein paar Sekunden hatte sie sogar das Gefühl, mit einem seltsam forschenden oder gar messenden Blick. Er überlegte. Sie legte den Kopf auf die Seite und verschränkte die Arme. Ihm über die Wange zu streicheln, verkniff sie sich nun erst recht. Mit schmalen Augen fragte sie:

„Was guckst du so?"

Etwas rot geworden, weil er sich ertappt fühlte, schüttelte er leicht den Kopf und erwiderte.

„Fleischer würde passen. Dieser Lorenzo ist unter Umständen unser Täter, aber leider tot. Mehr kann ich dir dazu leider nicht sagen. Die Steuerbehörde hat uns den Fall weggeschnappt, nachdem ich ein paar Ungereimtheiten in seinen Papieren gefunden habe. Aber nachdem, was wir herausgefunden haben, passt alles zusammen. Schulden hoch drei.“

Gabriela nickte. Es war eine Antwort, aber keine auf ihre Frage. Trotzdem erwiderte sie:

„Alma hat vor Kurzem davon gesprochen. Sie klang froh über das Ende. *Ein elender Nichtsnutz,* hat sie gesagt. Er hat sie mal tatsächlich angebettelt und geschworen, alles zurückzuzahlen. Keinen Cent hat sie jemals wiedergesehen. An die 5.000 Euro. Alles weg. Unglaublich! Sie hat doch nichts, außer meiner Miete und der kleinen Rente. Eine solche Familie zu haben, ist eine Strafe, oder? – Sein Vater ist irgendwann aus dem gemeinsamen Fischgeschäft mit seinen Brüdern ausgestiegen. Der dachte auch, alles besser zu können, und hatte ein paar Jahre eine *charcutería,* also ein Wurstwarengeschäft. Gar nicht weit von hier. Da musste er nicht noch mit dem Kutter raus. Ich glaube, der hat immer gehofft, sein nichtsnutziger Sohn würde das mal übernehmen, obwohl er es hätte wissen müssen, wie das dann endet. Hat nichts geändert. Lorenzo übernahm tatsächlich. Für ein paar Monate, nachdem sein Vater gestorben war. Dann war schnell Schluss. Er hat verkauft und das Geld versoffen. – Irgendwie hat Alma mit ihren Söhnen kein Glück gehabt. Antonio war am Ende der Einzige, der das ursprüngliche Geschäft bis zum Schluss am Laufen hielt. – Mehr oder weniger erfolgreich. Übrig geblieben ist jedenfalls nichts. – Ich schreib dir die Adresse auf, wo der Suffkopp gewohnt hat.“

Miguels Blick war wieder irgendwo auf ihrem Bauch hängen geblieben und sie strich sich abermals den Stoff ihrer Bluse glatt. *Ja, verdammt. Fünf, wenn nicht sogar zehn Kilo müssen runter,* dachte sie, wart's ab. Der Espressokocher begann zu brodeln und Miguel schien aufzuwachen. Gerade hatte er ihre Bluse weggezaubert. Etwas linkisch lächelnd entgegnete er:

„Ich sag ja, das passt alles irgendwie zusammen. Das hab' ich ... haben wir auch so herausgefunden."
Er löste sich von der Wand und fuhr sich durch sein Haardreieck. Komischerweise ließen ihn das Brodeln und Zischen wieder an das Foto in Elenas Handy denken. Etwas ungelenk ging er in das kleine Wohnzimmer, setzte sich aufs Sofa und starrte auf den ausgeschalteten Fernseher. Sein Spiegelbild in dem dunklen Bildschirm mutierte zu dem oberteilfreien Foto von ihr. Um sich davon abzulenken, stotterte er in Gabrielas Richtung:

„Deshalb bin ich ... ich wollte ... immerhin haben wir Ähnliches herausgefunden. Das wollten mein Chef und ich bestätigt haben. Die Steuerbehörde und der Ermittlungsrichter, oder wer auch immer, werden uns nicht viel sagen. – Deine Vermieterin, Alma also, wird sicher mal Besuch von der Behörde bekommen. Ich wollte, dass du das weißt. Dann kannst du ihr berichten. Aber vorwerfen wird man der alten Dame nichts können. Ich wüsste wirklich nicht was."

„Das wär' noch was. Wisst ihr auch schon, dass der drei Kinder hat? Zwei Mädchen und einen Jungen. Sind natürlich längst erwachsen und ich glaube, eine hat schon selbst Kinder. Die andere ist mal abgestürzt. So wie Alma das mal erzählt hat, ist die aufen Strich gegangen und hat Drogen genommen. Der Sohn hat wohl seine Mutter unterstützt. Es kam ja kein Geld ins Haus, nachdem der Arsch das Saufen angefangen hatte. Weit gereicht hat das sicher nicht. Ich hoffe, ihr findet nicht heraus, dass sie deswegen dasselbe hat machen müssen wie ihre Tochter. Also aufen Strich gehen. Alma würde durchdrehen."

„Für mich ist das uninteressant. Ich will nur kapieren, was da alles schiefgelaufen ist. Unsere Recherchen sind in dieser Hinsicht eher ernüchternd. Aber Verbrechen haben oft eine unangenehm menschliche Seite. Das erschreckt mich bisweilen. Auch als Polizist."

„Hoffentlich steht von mir nirgendwo ein Ordner herum, in dem etwas Schrecklicheres über mich steht, als was ich nicht schon wüsste."

Für ein paar Sekunden stand Gabriela mit den zwei Tassen in der Tür und schaute ihn belustigt an. War das tatsächlich der Grund dafür, sie extra zu besuchen? Das hätte er doch auch in den nächsten Tagen bei einer seiner Tassen Kaffee im *Bianco* erzählen können, stellte sie für sich fest und wartete darauf, dass er zurücksah. Als er es tat, schüttelte sie den Kopf. Vielleicht gab es noch einen anderen Grund? Und anständig begrüßt hatte sie ihn auch noch nicht.

„Kann ich dir sonst noch was Gutes tun?"

1. Oktober, 20 Uhr 50

Nachdem Pere am Morgen gegangen war, hatte auch sie sich an dem kleinen Waschplatz in ihrem Zimmer frisch gemacht. Im Spiegel betrachtete sie sich und ihren nackten Oberkörper. Ihr Gesicht schien nicht mehr fahl, ihre Brüste nicht mehr schlaff. Die Narben waren nur noch blasse Linien. Sie hatte tatsächlich etwas Farbe bekommen und hoffte, es sich nicht einzubilden. Anschließend zog sie noch einmal die Unterwäsche des gestrigen Abends an, schüttelte leise lachend den Kopf, als sie dabei an die Antwort Catalinas dachte, als sie gefragt hatte, *Wie nennt man so etwas?*, und sie *einen String* zur Antwort erhielt. So zog sie sich das Kleid über, richtete mit ihren Fingern die Haare und ging anschließend nach unten. Etwas zum Schminken hatte sie nicht. Nicht einmal einen einfachen Lippenstift und schon gar nicht eine schmückende Kette. Bei jeder Stufe genoss sie dafür den schwingenden Stoff auf ihrem im Prinzip nackten Po und dachte an die Hände von Pere. Ein Gefühl, das ewig bleiben würde. Kurz blieb sie stehen, biss sich auf die Unterlippe und schüttelte darüber leise lächelnd den Kopf.

Zwar hatte Pere tatsächlich gefragt, ob er sie wiedersehen dürfte. Doch sie hielt es lediglich für eine sehr charmante Frage, die nur ein Ja gestattete und zusätzlich mit einem innigen Kuss belohnt werden wollte. Außer dieser Nacht hatten sie nichts miteinander geteilt. Sie wusste trotz der langen Gespräche nur ein wenig über seine Familie – wahrscheinlich so viel, wie sie von ihrer preisgegeben hatte –, dass er ein Bekannter der Nachbarn von Catalina war, die ihn wiederum nicht näher kannte und ansonsten nur seinen Namen und wo er arbeitete. Sie hatte aber weder seine Adresse noch seine Telefonnummer.

Unwahrscheinlich, trotz dieser zärtlichen und berauschenden Stunden, dass er es also ernst meinte. Es war doch nur ein Fest gewesen. Ein schönes mit unerwartetem Ausgang. Aber das Leben hatte nicht die Anforderung gestellt, an Zukunft zu denken und von seinen Schwierigkeiten zu berichten. Es galt auch nicht mehr, Kinder, die längst ausgezogen waren, mit irgendwelchen Lügen vor Wahrheiten zu schützen. Verschweigen bedeutete nicht, gelogen zu haben. Kam die Zeit dafür, konnte dies nachgeholt werden. Es galt nur, diesen Moment des Lebens mit dem einzigen absoluten

Gefühl zu krönen, das es gab. Liebe und Glück. Und diesen Moment hatten sie genau dafür genutzt. Und Momente waren manchmal zu kurz.

Morgen wollte ein Autohändler sich ihr Auto ansehen. 850 hatte er ihr mit seinem ersten schnellen Blick angeboten und sie verzog runzelnd die Stirn. Nun hoffte sie auf ein wenig mehr. Sollte sie es verkaufen, könnte sie Pere ohnehin höchstens noch mit dem Bus besuchen fahren und sehen, wie er – irgendwo in diesem Carrefour – reagieren würde. Aber sollte sie sich der Gefahr aussetzen, all dieses erfahrene Glück mit einem rätselnden Blick von ihm zu zerstören?

Bei der skeptisch blickenden Vermieterin trank sie einen Kaffee. Essen wollte sie nichts, das könnte sie bei einem Spaziergang durch die Stadt erledigen. Die Frau mümmelte währenddessen auf einem Croissant. Sicher hatte sie bestimmte, vielmehr eindeutige, Geräusche vernommen und wollte dies für ihr Haus verboten wissen. Llucia umschloss mit ihren Händen die warme Tasse und sah lächelnd in ihre Augen. Deren Mund bewegte sich immer wieder, so als wollte sie tatsächlich gleich etwas sagen. Ab und zu hielt sie sogar den Atem an, dann schien sie Anlauf zu nehmen und blieb doch stumm.

~~~

Der Abend war lau und Llucia saß vor der Pension auf einer warmen, aber harten Steinbank an der Straße. Die Beine übergeschlagen. Der Schlitz im Kleid zeigte ein Bein. Wohlwollend betrachtete sie es und erinnerte sich damit an das Gefühl, das Pere ihr geschenkt hatte. Sich nach so vielen Jahren als Frau fühlen zu können, war mit ihm sogar mehr als nur ein Gefühl gewesen. Neben ihr eine halb volle Wasserflasche und in ihren Händen ein *bocadillo*, das sie am Nachmittag bei einem Bäcker an der *Plaça España* gekauft hatte. In ihrem Kopf die Bilder und Szenen der letzten Woche.

Die übliche *esquela*, die Benachrichtigung, den Zettel, der für gewöhnlich in *tabacos,* Apotheken und beim Bäcker auslag, um mit einem Bild von Lorenzo, seinem Namen und den Daten allen im Ort seinen Tod mitzuteilen, sparte sie sich. Warum sollte sie den anderen eine Trauer vorgaukeln? Das Geld dafür hatte sie eh nicht. Wen interessierte es auch, dass er gestorben war? Freunde? Die hatte er nicht. Höchstens Saufkumpane, die sie nicht kannte. Auf ein *mi más sincero pésame,* das sicher geheuchelt gewesen wäre, konnte sie verzichten. So geschah die Beisetzung tränenlos und schnell. Die Sätze des Pfarrers reine Plattitüden, während der Sarg schrammend in die Grabnische geschoben wurde. Ihr Sohn schaute, als sie sich mit dem Kissen auf eine Bank im Friedhof setzte. Sie glaubte, nicht verständnisvoll, hoffte es aber. „Mir tut alles weh", sagte sie zur Entschuldigung und er nickte ernst. Nachmittags, zurück im Haus, meinte er:

„Ich fahre noch die Fässer weg. Dann kann die Bank sich nicht mehr beschweren."

Die Fässer. Die letzten Beweise für das andauernde Versagen. Kaum hatte ihr Sohn es gesagt, nahm sie zum ersten Mal den ganzen Gilb, den modrigen Geruch und den Verfall der Einrichtung und des Hauses wahr. Vor allem in Schlafzimmer. Ein Schauder ließ sie sich schütteln und mit einem „Das ist lieb von dir" ging sie nach draußen und sah zum ehemaligen Stall. Der war vorbereitet, denn ihr Sohn hatte auf dem Markt in Sineu zwei Schweine besorgt. Durch die Zeiten ungewöhnlich preiswert. Normalerweise ausreichend für mehr als ein Jahr. Und das in ihrer mehr als prekären Situation. Wenn man es denn richtig machte. Aber Lorenzo, ihr

Mann, glaubte, eine ganz besonders große Idee zu haben, *danach sind wir alle Probleme los*, wie in so vielen anderen Fällen auch, und mit dieser das ganz große Geld machen zu können. Innerhalb eines Tages machte er also wieder einmal alles kaputt.

Lorenzo war an diesem Tag frühmorgens losgefahren, irgendwelche Besorgungen zu machen, die sie nicht zu interessieren hatten. Und sie daher mit dem Bus, der nur dreimal am Tag fuhr, in die Stadt gefahren, um in einer Schule putzen zu helfen. Diese sollte für die Zeit nach dem Virus wieder steril und sauber sein. Leider wieder nur ein einmaliger Job, dafür einer, der ihre heimliche Kasse wieder auffüllte und das Leben für ein paar weitere Tage möglich machte.

Mit dem letzten Bus fuhr sie spätabends nach Hause und alles war längst zu spät. Lorenzo hatte nicht einmal ein schlechtes Gewissen, zuckte nur mit der Schulter, trank einen Schluck aus einer fast leeren Flasche und brüllte sie an. Kurz darauf wischte er ihr eine, weil sie auch noch die Unverschämtheit hatte, eine Erklärung zu wollen. *Es hat dich verdammt noch mal nicht zu interessieren, was ich mache, während du dich in der Stadt herumtreibst und vergnügst, anstatt hier für Ordnung zu sorgen.* Stattdessen zeigte er Minuten später unmissverständlich ins Schlafzimmer. Ausgezogen, noch schmutzig von seiner bescheuerten Aktion und vom Schweiß glänzend kam er mit einer zusammengerollten Zeitung zurück.

Am Tag danach stellte sie ihm die erste Flasche hin. Dann die zweite. Am dritten die nächste und so weiter. Das Geld durch den Job an der Schule bekam nun einen noch besseren Sinn. Vorhin hatte sie bei einem Spaziergang durch Andratx das Kissen in einen stinkenden Müllcontainer auf der *Plaça des Pou* geworfen. Das passte.

Llucia schaute nach rechts, aß den letzten Bissen und trank einen Schluck aus der Flasche. Die Dämmerung war längst in Dunkelheit übergegangen. Sie atmete durch, lies ihren Mund für einen Moment offen und ein warmer Wind strich ihr über das Gesicht, blies durch die Haare und den geöffneten Mund und dadurch die ein oder andere Erinnerung davon. Autos fuhren im mageren Licht der Straßenlaternen langsam durch das blasse Ocker der Häuser die ansteigende Straße herauf. Sie erkannte deren Farben. Blau, Schwarz, Grau. Auf der anderen Straßenseite schlurfte ein alter Mann mit einem Gehstock die Straße nach unten. Links vor ihm eine kleine Bar. Wahrscheinlich die tägliche Abwechslung, bei der er mit Freunden Karten spielte und vielleicht das ein oder andere Glas Wein trank. Man unterhielt sich über die alten Zeiten und schüttelte über die neuen den Kopf.

Nun kamen ein grünes und wieder ein blaues Auto. Der alte Mann ging, ohne sich umzuschauen, in die Bar. Dann ein weißes. Noch mindestens hundert Meter von ihr entfernt, stand sie schon auf. Aufgeregt und zitternd. Ein weißer Punto. *Sein* weißer Punto. Es konnte nicht sein und er war es doch. Mit Tränen in den Augen hielt sie sich die Hand vor den Mund und er hielt neben ihr an. Die Fahrzeuge dahinter hupten. Die Straße war zu schmal. Pere aber ließ die Scheibe herunter, schaute sie mit einem lächelnden Seufzer an und schaltete die Warnblinker ein.

Sie sah Pere an, biss sich wieder auf die Unterlippe und schaute auf den Boden. Die Autos hupten immer noch.

„Du glaubst nicht, wie ich mich freue", sagte sie. Dann lächelte auch sie ihn an und weinte richtig.

1. Oktober, 20 Uhr 55

Das Grundstück war überraschend groß. Das als Garten genutzte Stück jedoch klein und nicht besonders gepflegt. Im Licht der Taschenlampe stützten sich an einer Handvoll Stecken längst abgeerntete und braun gewordene Tomatenpflanzen. Die Zucchini hätten schon vor Tagen Wasser gebraucht, die Auberginen waren verdorrt. Die anderen Pflanzen waren für ihn nicht zu erkennen. Vielleicht handelte es sich auch um Unkraut. Nur den Olivenbäumen schien die Vernachlässigung nichts auszumachen. Sie warteten geduldig darauf, ihre inzwischen reifen Früchte abgeben zu können. Das Haus war seit langer Zeit schon nicht mehr renoviert. Die weiße Kalkfarbe blätterte ab. Das Dach an den Kanten beschädigt. An einer Stelle dicke Folie statt Dachziegel. Unter zwei Fenstern die wohl dazugehörigen, aber kaputten Fensterläden. Die Scheiben im Schuppen fehlten oder waren zerbrochen. Man konnte den Eindruck haben, hier hätte vielleicht vor Jahren und nicht bis vor etwas mehr als einer Woche jemand das letzte Mal gewohnt.

Im Haus das gleiche Bild. Armseligkeit. Die Möbel alt und verbraucht, darüber konnten auch die sauberen bestickten Deckchen über den abgewetzten Polstern nicht hinwegtäuschen. Kein Stuhl am billigen Esstisch war wie der andere. Was in Zeitungen als stylisher *shabby look* verkauft wurde, sah hier tatsächlich nur schäbig aus. Sanchez Olivero öffnete ein paar Schränke. Geschirr, Schüsseln, ein paar Kartons. In diesen nichts, was Bedeutung haben konnte. Entweder hatte sie das Wichtigste vernichtet oder es lag nie etwas Entsprechendes drin. Neben den Kartons leere Flaschen ohne Etiketten. Er öffnete eine und schnupperte daran. Nicht nur scharfer Alkohol. Ricardo hätte eine Fundgrube.

Dann ging er in den Raum nebenan. Das Schlafzimmer. Der Lichtschalter funktionierte und versorgte eine einsam baumelnde Birne mit Strom. Auf einem einfachen Metallgestell nackte, verschmutzte, das hieß, nicht nur in die Jahre gekommene Matratzen. Fleckig und muffig. Der eigenartige Geruch bestimmte das armselige Bild des Raumes, der offensichtlich die letzten vielen Jahre nie von anderen als Lorenzo und seiner Frau betreten worden war. Der einstige Kleiderschrank war zu einem notdürftig reparierten offenen Regal geworden. Drei Bretter, mit Schrauben und rohen Leisten repariert. Eine der Türen lehnte an der Wand. Wäsche für eine Frau fehlte. Die Wände grau mit Wasserstreifen, die im Licht der einsamen Birne an der Decke immer noch Richtung Boden zu kriechen schienen, behäbig und zäh und mitleidlos. Sah man in den anderen Räumen noch die Arbeit irgendwelcher korrigierenden Hände, so fehlte dies hier gänzlich. Hier sollte es nicht heimelig sein. Miguel stellte sich die Frau in dem Raum vor, die mit größter Wahrscheinlichkeit hier nicht nur dieses optische Leid zu ertragen hatte. Die tägliche Arbeit der Polizei bewies schon lange, dass eine Frau in diesem Land, egal ob sie Jugendliche oder eine Frau von fünfzig war, mehr Angst vor ihrem Lebenspartner haben musste als vor Krebs. Die hauptsächlichen Todesursachen unter ihnen waren nicht Krankheiten oder der Unfalltod auf der Straße, sondern die Gewalt dieser Typen, die irgendwann einmal ihre Männer sein wollten und vor dem Altar Treue und Sorge versprochen hatten. Sie lebte – gottlob – und er dachte an die Flaschen draußen im Schrank. Vielleicht sollte er sie mitnehmen und vernichten. Im Twingo war eine leere Box.

Sofort musste er auch an Inés denken, an ihre Geschichte, die sie ihm wahrscheinlich nicht in jedem Detail erzählt, sondern eher verschwiegen hatte. Und sicher Ähnliches berichtete. Zwei Söhne zwar, aber ihm fehlte bislang die Vorstellung. Nun hatte er ein Bild. Die Geschehnisse hier im Haus, die eine Verwahrlosung begründeten, die vielleicht auch von außen hätte erkannt werden können, waren offensichtlich. Doch niemand ist eingeschritten. Auch bei Inés nicht. Sie hatte sich allein wehren müssen. Ihre Mutter hatte danach nur die Tür aufgemacht. Er ging wieder zurück in die Küche, nahm das Blatt der Bank vom Tisch, die Androhung einer Zwangsvollstreckung, und drehte sich um. Auch hier war alles notdürftig und lediglich überlebensfähig zusammengesetzt und instand gemogelt worden. Ähnliches hatte er einmal in *Son Banya* gesehen. In dem Armenviertel direkt neben dem Flughafen. Damals, als es darum ging, Jacintos Wohnung zu inspizieren. Der hatte Glück gehabt, wenn man so etwas Glück nennen konnte, wenn einer Leute betrügt und bestiehlt und Frauen vergewaltigt. Von außen verkommen, hatte er sein Haus innen schön eingerichtet. Die anderen Häuser hingegen machten den Eindruck, nur übergangsweise für eine Flucht hergerichtet worden zu sein. Ein Übernachten darin konnte man sich noch vorstellen, ein geregeltes Leben kaum.

Er erinnerte sich an das junge, dunkelhäutige Mädchen, vielleicht auch junge Frau, er konnte das Alter nicht schätzen, vielleicht Anfang zwanzig, mit buschigen Augenbrauen und strähnigen, seit Tagen ungewaschenen Haaren und deren Weg dorthin er auch nicht näher wissen wollte. Sie saß auf einer Matratze, die genauso gelblich, genauso verdreckt und fleckig, genauso alt und verschmutzt war wie diese nebenan. Ohne ein Laken, nackt auf einem bröckelnden Estrich liegend, in einem Raum, der eher ein Stall als ein Zimmer war. Sie war nur mit einem verschobenen Bikini bekleidet, saß zusammengesunken auf der Ecke und sah ihn zwar mit einem lächelnden Mund, aber fast toten Augen an. Sie schaute hoch, als er den Raum betrat, reckte sich ein wenig und schien zu sagen, *Magst du mich?* oder *Magst du mich haben wollen?* Der Satz, *Magst du mich erlösen wollen?*, war vielleicht einst noch ein Traum gewesen. Aber das Mögen war schon bald für sie von einer anderen Bedeutung, hatte längst die Hoffnung verloren, hier herauszukommen, sondern nur noch den Grund, genug Geld zu erhalten, damit die nächsten Schläge weniger hart ausfallen würden. Das Mögen hatte nichts mehr mit der Liebe zu tun, die ihr auf dem Weg von irgendwo hierher großspurig, aber schon da verlogen, versprochen worden war. Ihre Heimat war nur noch eine blasse Erinnerung. Nichts weiter. Das Mögen bedeutete schon nach dem dritten oder vierten Typen, den sie nehmen und über sich hatte gehen lassen müssen, nur zu überleben. Wie dieses Überleben da draußen funktionieren könnte, welche Anforderungen es stellen würde, konnte ihr keiner schildern und vorstellen konnte sie es sich schon gar nicht mehr. Der alte Fernseher, der hinter ihr an der Wand stand, zeigte Traumwelten, die Science-Fiction glichen oder irgendwelchen romantischen Fantasien, die alle nicht wahr sein konnten. Ihre Träume und Fantasien waren inzwischen sicherlich leer oder höchstens von bösen Bildern begleitet, die sie in mancher Nacht schreiend aufwachen ließen. Was sie dann zu sehen bekam, die Wände mit dem rieselnden Putz, die provisorische Decke, die keine war, der Boden, der spätestens im Herbst vor lauter Wasser einen falschen Glanz zeigte, war nicht dazu geeignet, sie zu beruhigen, sondern ließ den nächsten Traum nicht besser werden.

Ein versalzenes Leben konnte durch noch so viel Zucker nicht süßer gemacht, nicht einmal neutralisiert werden. An einem solchen würde immer der salzige

Geschmack der Vergangenheit haften bleiben und einen ewigen Durst erzeugen. Und das war die poetische Beschreibung eines zerstörten Lebens.

Vor dem Haus schaute er in den Himmel und atmete dabei tief durch. Die Natur hatte sich entschlossen über alles hinwegzusehen. Es roch nach Pinien, einigen Kräutern und sauberer Luft. Die Reste des Blaus, dort wo die Sonne untergegangen war, waren nur eine optische Täuschung, es hatte was mit den Spektralfarben zu tun. So viel wusste er. Versprechen tat es nichts. Das Blau war auch hinter den dunkelsten Gewitterwolken. Es war immer da. Und viele Kilometer weiter oben war alles schwarz. Miguel fuhr mit einem Finger an seinem Haardreieck entlang und seufzte ein weiteres Mal. Dann ging er zu seinem Wagen, öffnete den Kofferraum und holte die klappbare Plastikbox heraus, um die Flaschen zu entsorgen.

1. Oktober, 22 Uhr 40

Nur mit dem übergroßen hellblauen und halboffenen Jeanshemd bekleidet, das an der Seite geschlitzt war und Miguel so gut gefallen hatte, und dem knappen Bikinislip, der den Po mit seinem hohem Beinausschnitt nackt ließ, wartete sie seit fast einer Stunde auf ihn. Ungeduldig hin und her laufend und nochmals an der Flasche nippend, in der Hoffnung, der scharfe Inhalt würde sie endlich beruhigen. Sie schimpfte währenddessen und ging mit sich selbst ins Gericht. Als hätte jemand einen Schalter umgelegt, war sie in ihrem Leben wieder an der Stelle angelangt, doch daran zu denken, allem ein Ende zu bereiten, den Balkon hinunterzuspringen, sich überfahren zu lassen oder sich zumindest in ihr Auto zu setzen, um abzuhauen und allem davonzufahren. Trotz des dicken Jeansstoffs fror sie inzwischen, hoffte aber, ihre deshalb spitz gewordenen Brüste würden Miguel genug erregen und verführen, damit sie wiederum die Kraft hatte, ihm danach endlich das letzte Verschwiegene zu erzählen.

Erstaunt und lächelnd gab Miguel ihr beim Eintreten einen Kuss, sah sofort dabei die wässrigen Augen und roch Reste des scharfen Alkohols. Sie wich einen Schritt zurück, kämmte sich fahrig durch die Haare und versuchte kichernd sich, ihren Körper und auch ein wenig von ihrer Seele darzubieten und zu präsentieren. Öffnete die oberen Knöpfe des Hemdes und drehte sich ein wenig albern hin und her. Sein vielleicht gestern noch geltender Plan, dies irgendwo am Meer zu machen, war aufgrund der Uhrzeit ohnehin hinfällig geworden. Sie nahm seine Hand, zwei Schritte später seinen Gürtel, führte ihn hinein und schloss die Tür hinter ihm, ohne ihn loszulassen, mit einem Fußtritt. Miguel beendete das Nesteln an seiner Hose, schielte auf dem Weg zum Tisch zur Kommode und sah, dass eine ganze Menge in der alten Whiskyflasche fehlte. Er zog müde lächelnd die Brauen hoch und hoffte, der meiste Alkohol wäre inzwischen in den Jahren zuvor verdunstet.

„Was ist los?" Miguel war sich bewusst, dass sein Ton nicht besonders freundlich war, und wunderte sich, wie klar und nicht beschwipst sie klang, als sie erwiderte:

„Du kommst spät."

Miguel legte den Kopf schief und fragte:

„Wofür?"

Schon war sie wieder auf ihn zugegangen und griff mit einer Hand ein weiteres Mal fahrig und nervös an den Bund seiner Hose, während die andere über den Stoff bis zwischen seine Beine glitt. Was sie hoffte, fühlte sie dort nicht. Ihr Plan drohte durcheinanderzukommen. So glaubte sie nicht, dafür die Kraft zu haben. Er ließ mit einem künstlichen Lächeln ein paar Handgriffe von ihr zu. Aber als sie mit einer Hand in seine Hose fahren wollte, hielt er sie auf.

„Irgendwas stimmt doch nicht. Du hast dir dafür in den letzten Wochen noch nie Mut angetrunken."
Sein Ton war eher schneidend. Auf jeden Fall ungewohnt. Den hatte sie nicht mit eingerechnet. Der war wie eine Ohrfeige. Elena zuckte zusammen, fuhr sich zum weiß Gott wievielten Mal mit einer zitternden Hand durch die Haare, zog die Lippen ein und vermied krampfhaft zu weinen. Es musste auch ohne ihre übliche Lösung, ohne Bett und Sex, gehen. Mit großen Augen schaute sie ihn an.

„Ich habe Angst", gestand sie nach ein paar Sekunden, „Angst, dich zu verlieren."
Jetzt kamen doch die Tränen und das Schluchzen und das Zittern. Sie ließ ihre Hände sinken, schlug sie vors Gesicht und suchte wankend hinter sich Halt. Die Küchentheke war nur einen halben Meter hinter ihr und sie ließ sich torkelnd und schwankend rückwärts gegen sie sinken. Die Kante stieß ihr dennoch im Kreuz heftig gegen das Becken. Wieder zuckte sie zusammen. Der Schmerz erinnerte sie an die Kante des Schreibtischs, gegen den sie gestern *dabei* gedrückt worden war. Aber er tat gut. Schmerz tat immer gut. Kollegen aus der Psychiatrie könnten ihr dies und alles erklären. Im Internet hatte sie einige Namen und Adressen gefunden. Der Schmerz befreite wie ein Blitz ihren Kopf und bestärkte ihr Vorhaben. Sie streckte sich und sah auf. Miguel stand einen Meter vor ihr, hatte seine Kleider wieder gerichtet und schaute sie an.

„Sag doch, was los ist. – Die Welt ist, soweit ich weiß, noch nicht untergegangen und warum solltest du mich verlieren? Wir haben doch alles besprochen."
„Du hast mir einen Heiratsantrag gemacht."

Es klang komisch und Miguel lachte auf und strich sich über den Kopf. Er hatte *Ich halte dich auch langfristig aus* gesagt. Ja, warum nicht? Er hatte es ernst gemeint, mit allen Konsequenzen. Dann war das halt ein Heiratsantrag. Was war daran so schlimm, so gefährlich? Er verstand die Welt nicht mehr.

„Ich versteh nicht."

Sie atmete tief durch, griff hinter sich und riss ein Papiertuch von der Rolle und wischte sich damit über das Gesicht. *Alles besprochen?* Ihr Kopf kippte zur Seite. Dann putzte sie sich trompetend die Nase und sah zum Fenster in die Dunkelheit hinaus und wieder zu Miguel und wieder zum Fenster. *Alles besprochen? Wenn du wüsstest. Mein Leben ist ein Trümmerfeld und den, der mir dabei helfen wollte, es aufzuräumen, habe ich von der ersten Sekunde an belogen.* Sie seufzte und zuckte mit den Schultern. Wenigstens der erste Teil musste raus. Leise begann sie:

„Ich hatte dir so viel erzählt, aber nicht alles."

Welches Drama konnte jetzt noch folgen? Welche Geschichte? Eine Erklärung für das Foto? Doch ein anderer Mann? Miguel stoppte seine Bewegung nach vorne. Denn plötzlich war sie igelig. Wieder weinend begann sie:

„Ich war damals 13, 14 Jahre alt. Als Mädchen trägst du in dem Alter dann schon mal einen Minirock ohne Strumpfhose, ist ja klar, du weißt ja, was du hast, und freust dich, wenn die Jungs auf deine Beine schielen, deine Figur und deinen Po toll finden. Sexy ist das Wort, das die meisten von uns hören wollten. Auf irgendeinem Fest war einer von den Jungs mutig und strich mir beim Tanzen über den Po und Minuten später draußen in der Dunkelheit unter einem Baum mit seinen Fingern auf einem Schenkel entlang. Mein Gott, das war aufregend!"

Sie sah Miguel mit ernstem Blick an und er zog sich einen Stuhl heran, weil er das nächste Detail aus ihrem Leben erwartete, das dieses noch schwerer hatte werden lassen, als es die letzten vier Wochen den Anschein gehabt hatte. Sie schloss die Augen für einen Moment und sah sich wieder danach mit angezogenen Beinen und dem Minirock zu Hause auf dem Sofa sitzen. Gerade war sie noch mit den Freundinnen unterwegs gewesen. Jungs gucken. Erfolgreich, wie sie verwirrt feststellen musste. Aber jetzt lief im Fernsehen die 109. Folge der sechsten Staffel von *Los Serrano*. Emilia war gerade dabei ihre Bar zu verkaufen und wollte anschließend etwas Anderes in ihrem Leben machen. Da setzte sich ihr neuer Vater neben sie und schaute mit in den Fernseher, eine Hand auf ihrem nackten Oberschenkel. Mit sanfter Stimme fragte er: *Na, wie war's?* Das war neu. Diese Stimme, diese Zärtlichkeit. Sonst schien er desinteressiert und gab ihr höchstens Aufträge oder bedeutete ihr, still zu sein oder sich um dieses oder jenes zu kümmern. Seine Hand war immer noch da und fühlte sich an wie die von dem Jungen. Irgendwie zögernd und doch neugierig und warm und sie dachte sich nichts dabei, antwortete: *Schön! Wie immer. Lorena und Varina sind nett.* Sie konnte sich noch daran erinnern, sich etwas anders hingesetzt zu haben. Auf jeden Fall war seine Hand plötzlich zwischen ihren Beinen hinaufgerutscht und sie hatte es zugelassen. Fragte nur noch: *Wo ist Mutti?* Es klang wie ein Einverständnis. *Auch bei ihren Freundinnen*, antwortete er und seine Stimme war wieder sanft und erinnerte sie an ein Glas warme Milch. Davon wollte sie Miguel erzählen und tat es und davon, was später passierte. Von der Unterwäsche, die er ihr kein Jahr später vom Leib riss, von seinen Fantasien. Alles, was am Anfang war, war mit einem Mal verloren. Die Neugierde, das Sanfte, die

Zärtlichkeit. So wie ihre Unschuld. Und das Glück, das ihr richtiger Papa versucht hat zu erklären. Danach spielte eh alles keine Rolle mehr. Dass sie es überhaupt zugelassen hatte, war ihr Fehler und den könnten die Kollegen sicher auch erklären. Sie sah Miguel mit zusammengepressten Lippen an und räusperte sich.

Miguel hätte nun etwas erwidern können, zum Beispiel, dass sie ihm das doch schon alles mehr oder weniger erzählt hatte, dass er ihr deshalb helfen wolle, auch dass sie ihm das mit dem Foto sicher auch einfacher erklären und dass er es mit ihr wirklich langfristig aushalten könnte. Er schmunzelte wegen des Wortes *langfristig* in sich hinein. Aber er wusste auch, dass er nun einfach nur zuhören musste, weil sie sich dann mit dem Erzählen leichter tat.

„Und dann kommt so ein Mann daher und deine eigene Mutter sagt über ihn, *er begehrt dich, er liebt dich*. – Hörst du? Er liebt mich! Stell dir vor! Das hat nach meinem Papa keiner mehr getan. Erst du wieder in den letzten, gerade mal vier Wochen. – So was ist aber mit 13, 14 Jahren die Steigerung von sexy. Ich hab' mir in dem Moment die Hand von dem Jungen vorgestellt und gespürt, wie sie sich nicht weiter traute. Nun, dann wollte ich blöde Kuh aber diese Blicke und das Gefühl bewahrheitet haben, wissen, was das heißt, und hatte vor allem keine Ahnung, wie das vonstattengeht. Vielleicht würde ich es lernen, vielleicht setzte ich mich deshalb ein wenig anders hin. Andere Mädchen mit Hirn im Kopf hätten Angst gehabt, sich geekelt, wären davongerannt, zumal die wenigsten je so etwas von ihrer Mutter gesagt bekommen haben. – Aber weil ich meine hasste und ihr das, was sie mir mit meinem Papa angetan hatte, zurückzahlen wollte, war ich so blöd und hab' seine Finger zugelassen, um es einmal auszuprobieren, zu testen, zu erfahren."

Sie trat mit der Hacke gegen die Küchentheke, dass Geschirr, Besteck und die Töpfe schepperten, ballte die Hände zu Fäusten und verschränkte die Arme. Die Hand ihres Stiefvaters war unter ihren Slip geschlüpft. Und sie war so blöd gewesen, neugierig zu sein. Mit diesem ersten Mal enstand das, was Teresa eine toxische Beziehung genannt hatte. Was gab es nach diesem Moment zu beschützen? Welches Leben musste noch verteidigt werden? Ihre Jungfräulichkeit war in jeder Hinsicht dahin. An deren Stelle war eine Leere entstanden. Davor ein kurzes, seltsames Gefühl, das nach einer Auffrischung verlangte. Von Tag zu Tag heftiger, damit sie den Alltag aushalten konnte. Miguel ließ sie diesen seit ein paar Wochen nicht nur aushalten, sondern machte ihn erträglich. Sogar auf eine neue Art begehrenswert. Wieder sah sie zu Miguel und wusste, er würde sie erzählen lassen. Sie aber meinte gehetzt, mit heftig nickendem Kopf, aufgedreht und laut:

„Ja – ja – ja, du darfst das ruhig so denken! Es stimmt, ich bin verrückt, und ich gebe zu, das erste Mal hat mir sogar gefallen. – Vielleicht könnten meine Kollegen in der Psychiatrie mir all das sogar erklären. Atypische posttraumatische, später somatoforme Störungen oder gar bipolare Störungen. Keine Ahnung. Eine gespaltene Persönlichkeit. Keiner hatte ja erfahren, was mit mir los war …"
Sie unterbrach und sah zu ihren Füßen hinunter, dieses erste Mal, die alten Bilder tobten in ihrem Kopf, bevor sie fortfuhr:

„Alles ging so leicht. Er war zurückhaltend, in Anbetracht dessen, was Wochen und Monate später folgte, sogar vorsichtig. Danach war ich ausgerechnet bei ihm immer auf der Suche nach genau dieser Leichtigkeit. Du musst wissen, er war weder zu dieser Zeit noch heute ein Greis, nicht mal ein alter Mann, sondern damals gerade Ende dreißig. Jünger als du. Nur ein Jahr älter als meine Mutter. Hässlich war er auch nicht. Doch dann kamen nach und nach diese Schweinereien und dieser Schmerz dazu. Dinge, die man mit einem jungen Mädchen, die man überhaupt nie mit Mädchen oder Frauen machen dürfte. Aber ich hatte schon zu viel zugelassen, all das war von da an nicht mehr rückgängig zu machen. Das ist ein Mechanismus, der dann von alleine läuft. Ich ließ es stumm zu und meine Mutter war davon überzeugt, es würde mir genau deshalb gefallen. Das hätte ihr wahrscheinlich nicht einmal was ausgemacht, wenn es auch nach den ersten Malen so gewesen wäre. Sie kannte und kennt keine Eifersucht. Sie selbst behauptet, frigide zu sein. Ja, Frigidität, so etwas gibt's. Man hat irgendein Trauma, das sich aus der Vergangenheit ergibt, oder sogenannten Hypogonadismus, das ist ein Hormonmangel, oder Probleme mit dem eigenen Körper. Kann alles sein, ist medizinisch nicht ungewöhnlich. Aber wenn je eine Mutter darunter leidet, würde sie sicher nicht ihr Kind, wie auch immer es zustande kam – immerhin musst du einen Mann mit dir schlafen lassen –, ihrem Mann dafür in die Arme drücken. Außer sie hat so ein blödes Kind wie mich, das nichts vom Leben kapiert hat. – Heute Nachmittag rief sie wieder mal an. Ich habe es dir nicht erzählt. Nie, wenn sie es getan hat, habe ich es dir erzählt. Denn mindestens einmal pro Woche hat sie das gemacht und irgendeinen Scheiß erzählt, um mich zu überreden, nach Hause zu kommen. Heute hatte sie mich wieder einmal angeheult und gemeint: *Andere Menschen leiden Hunger, haben kein Zuhause, sehen ihre Familie im Kugelhagel eines Krieges sterben, verlieren sie durch dieses beschissene Virus, haben Opfer durch unheilbare Krankheiten und du beschwerst dich über die Zuneigung, das*

Begehren, die Liebe eines Mannes, die ich ihm nicht schenken kann. Er ist ein gewöhnlicher Mann. Nicht dein Vater. Denk an uns! An deine Zukunft! Ich habe ihn nur deshalb geheiratet, um dein Erbe zu retten. Was hättest du denn sonst in deinem Leben? Ist das also deine Dankbarkeit? Ich erzählte ihr zum hundertsten Mal, welche Praktiken er an mir ausgeübt und welche Tipps er Vasquez wohl gegeben hatte, und sie bezichtigte mich wie immer, eine Lügnerin zu sein. Aber dieses Mal schrie ich sie an, dass sie mich all die Jahre belogen und mich vorgeschoben hatte, um all das nicht selbst aushalten zu müssen. Ich würde sie und ihn anzeigen, alles verraten, weil ich jetzt endlich die andere Seite des Lebens kennenlernen würde. Daraufhin meinte sie plötzlich ganz kalt, dann wird sie mich anzeigen, weil ich ihr den Mann genommen, ihn verführt und bedrängt habe und ihn zu meinem Vorteil missbraucht hätte."

Sie atmete tief durch, schnaufte schniefend und schüttelte, selbst über alles fassungslos, den Kopf. Ihr Blick ging vom Fenster zu Miguel.

„Deshalb habe ich damals so genau zugehört, als Fabiola mit den Mädchen gesprochen hatte. Vielleicht habe ich einen psychischen Schaden. Wahrscheinlich bestimmt sogar. Denn irgendwann danach, in den USA, bei den anderen Typen und auch bei Armando begann ich genau das zu suchen, was er und die anderen mir angetan hatten, nämlich Schmerz. Und ich weiß nicht, warum. – Ich hoffte also, ich würde bei dem Gespräch mit den Girls auch etwas über mich erfahren, aber das Leben scheint komplizierter zu sein."

Vor dem Fenster stehend schloss sie ihr Jeanshemd und starrte zu der Ruine hinüber. Was hatte Miguel gesagt? *Sie werden sie abreißen müssen. Alles marode. Da ist nichts zu reparieren.* Sie hoffte, wenigstens noch ihr Leben. Über die Schulter meinte sie deshalb:

„Ich hab' jetzt alle Nummern aus Madrid blockiert, das Notizbuch mit den ganzen Namen und Nummern irgendwo in der Stadt in einen Mülleimer geworfen und war danach in einem dieser Telefonläden und hab' mir eine neue Nummer besorgt. Für so eine wie mich, die nicht einmal eine Wohnung einrichten, etwas zu essen kochen oder anständig Wäsche waschen kann, aber weiß, wie komplizierte Viren funktionieren, diese sogar herstellen kann – wie du jetzt siehst –, und wie du von innen aussiehst, ein ungeheures Abenteuer."

Sie machte eine weitere Pause und zog geräuschvoll die Nase hoch. Vermutlich kam nun der Satz, der Grund für das Bild, der Miguel zurückschrecken lassen würde. Vermutlich bäte er dann um Bedenkzeit. Vermutlich war das bisher Gesagte noch zu akzeptieren gewesen. Aber jetzt? Elenas Blick war wie abwesend, als sie ihn ansah, der Schmerz, der damit in Verbindung stand, war tief in ihr drin. Wenn sie es ernst meinte, musste sie lernen sich neu zu fühlen, vor allem aber lernen, mit den Bruchstücken ihres Lebens sich neben und mit Miguel neu zusammenzusetzen, quasi sich selbst neu *zusammenfühlen*. Sie war froh, dass er immer noch dasaß, still, ohne laut oder gar aufbrausend geworden zu sein und sie anschaute. Sie sah keinen Vorwurf in seinem Blick. Nichts vor dem sie im nächsten Moment erschrecken müsste. Ja, sie glaubte sogar die Spur eines Lächelns zu erkennen. Dann atmete sie tief ein und wollte ihm auch das Letzte, aber nicht Erwartete sagen:

„Mit fast sechzehn habe ich das erste Mal abgetrieben. Kaum ein Jahr später noch einmal. Ich war inzwischen unempfindlich geworden. Es war mir egal. Um mein Studium in den USA zu finanzieren, weil das Geld nicht reichte, habe ich mich deshalb dafür bezahlen lassen. Ich kann keine Kinder mehr bekommen und das, wo du doch so gut mit den Jungs ausgekommen bist. –

Was ich mit dem allem sagen will, ist, ich liebe dich, ich genieße dich, weil ich keine Angst habe bei dir, und doch habe ich Angst, dich zu verlieren, weil ich Angst vor dem richtigen Leben habe, weil ich in manchem Moment glücklich bin, wenn ich Schmerz empfinde, und genau diesen suche, weil ich wahrscheinlich an einer seltenen Paraphilie leide. Vielleicht einer Abart des Masochismus. Ich weiß es nicht. Das Einzige, was ich weiß, ist, ich bin hilflos. Teresa und du, ihr seid die Einzigen, die ich im Moment habe, obwohl es für euch besser wäre, wenn ich euch nicht belasten würde. Trotzdem flehe ich dich an, halte mich fest, wärme mich und lass mich auf deinem Schoß sitzen, aber nicht, weil ich ein Kind bin oder du nun mein Papa sein sollst."

Miguel sah sie an, wie sie mit wieder fest verschränkten Armen an die Küchentheke gelehnt stand und von dort ununterbrochen auf die im Licht der Straßenlaterne glimmende Ruine auf der anderen Straßenseite schaute und in ihr vielleicht die Ruine ihres eigenen Lebens erkannte. Über dieser der Vorhang einer dunklen Nacht ohne Sterne, der nicht fallen wollte. Ihre vom zuvor getrunkenen Alkohol und von all dem Erzählten zitternde und bisweilen schwankende, potenziell verführende Nacktheit erschreckte ihn nun. Was ihn in vielen Nächten zuvor erregt hatte, wenn sie nur spärlich bekleidet ihm innerhalb von wenigen Minuten den Kopf verdrehte, glich nun einem ausgehungerten und abgemagerten Mädchen. – Abgemagert. Er nickte seufzend und biss sich auf die Unterlippe, warum war ihm das in den letzten Tagen nicht aufgefallen? Warum sah er auf Gabrielas Bauch, aber nicht die vermutlich vorhandenen Probleme Elenas? Als Polizist hatte er ihr gegenüber versagt. Sie, ohnehin schlank, hatte noch mehr abgenommen. Ja, sie war fast dürr. Und sie hatte indirekt zugegeben, was er hinter dem Foto vermutete und mit etwas Neugierde hätte herausbekommen können. Sie betrog ihn, ohne ihn zu betrügen, weil sie nach einem solchen Leben, das sie als Mädchen hatte aushalten müssen, Glück und Liebe nicht annehmen konnte. Ein Glück, das so fragil war wie ihr Leben. So fragil wie ihr Körper. Für wenige Sekunden gaukelte sich dieses Leben selbst etwas vor: einen anderen Zustand, ein anderes Bewusstsein, eine bessere Zukunft. Doch danach fand sie sich jedes Mal am gleichen Ort vor wie zuvor. Mit der vermutlichen selben Schwermut. Nichts hatte sich geändert. Ihre Geschichte saß auf dem Bettrand, schaute ihr zu, grinste und – blieb.

An seiner linken Wange lief wie bei ihr eine Träne herunter, der eine weitere folgte. So viel wusste er, auch wenn es womöglich einfach und simpel klang, schon fast wie eine Ausrede, sie hatte Probleme. Und diese nicht zu knapp. Helfen konnte er nur eingeschränkt. Dennoch – er atmete tief durch, als müsste er den folgenden Gedanken mit besonders viel Sauerstoff anreichern – würde er sie jetzt und immer wieder in den Arm nehmen wollen. Immerhin konnte er für sie da sein und es gab keinen Grund für ihn, nun anders darüber zu denken. Sie müsste es nur ehrlich wollen und zulassen. Dann war zu Hause zumindest jemand da, der sie auffangen konnte. Dann gab es vielleicht eine Heimat. – Freundschaft - das ist wie Heimat. Zumindest so viel sollte er ihr bieten können.

„Ich weiß nicht, wie ich dir helfen könnte, ich bin kein Psychologe, nur ein kleiner Polizist. Aber als Polizist hätte ich besser zuhören müssen, hätte ich besser auf dich achtgeben müssen. Überhaupt, ich hätte es merken müssen. – Und das habe ich nicht getan. Viel zu lange nicht. Also werde ich dies nachholen und dir zuhören und denselben Satz noch einmal sagen: Ich halte dich auch langfristig aus."

Elenas Blick spiegelte sich im Glas der Scheibe. Erst sog sie die Lippen ein, dann schniefte sie. Wieder und wieder. Ihr Gesicht verzerrte sich, fahrig kämmte sie sich mit den Fingern zum tausendsten Mal durch die Haare und gleich darauf ließ ein Weinkrampf ihren Körper beben. Daher kraftlos, rutschte sie langsam auf den Boden. Wie ein kleines Häufchen Elend hockte sie da. Eingequetscht von der Küchentheke und ihrer Vergangenheit. Sie war wieder am Flughafen. Auf der Rampe. Nur die Kleidung hatte gewechselt. Dann schaute sie ihn mit verquollenen Augen an, vielleicht hatte das Glück doch noch eine Chance. *Ich halte dich auch langfristig aus.* Leise meinte sie daher:

„Ich wüsste dieses Mal keine Ausrede."

(Andreas Heßelmann, Tuschezeichnung von Rainer Simon)

1958, Duisburg, Niederrhein. Kaum drei Jahre alt, die ersten Märchenplatten, dann Jim Knopf, die ersten (Kinder-)Krimis von Enid Blyton und später die von Jean-Bernard Pouy. Eine von Anfang an spannende und überaus fesselnde Welt, in der ich versank und die ich als Kind mit eigenen Figuren ergänzte. Meine Fantasie war angeregt. Das gilt auch heute noch. Ich wurde Buchhändler, schreibe seit 30 Jahren, erwecke Personen und Handlungen zum Leben und mache daraus Bücher, die ich gerne selbst lese. Das ist in meinen Augen entscheidend: Man sollte die eigenen Bücher mögen.

Rainer Simon
Einer der bekanntesten Zeichner, Cartoonisten und Illustratoren Deutschlands. Er arbeitete für das Handelsblatt, die Stuttgarter Zeitung und den Playboy. Illustrierte Bücher von Michael Ende für den Weitbrecht Verlag und gestaltete Bücher unter anderem von Gerhard Konzelmann, Arturo Pérez-Reverte und Salim Alafenisch. Rainer Simon gewann unzählige Preise und Auszeichnungen. – Er lebt in Böblingen.

Weitere Bücher von Andreas Heßelmann:

Keine Rückkehr, Ein Mallorca-Krimi / Oktober 2016 / 978-3-7407-1523-6 / Verlag Twentysix / 13,- €

Ausgerechnet als er sich auf Mallorca von einem Mordanschlag erholen soll, findet der aus Padua stammende Commissario Berlingui schon nach wenigen Tagen in unmittelbarer Nähe zu einem kleinen Kloster die Leiche einer jungen Frau.
Am liebsten würde er sich aus den Untersuchungen heraushalten, doch Inspector Sanchez Olivero bindet ihn in einen immer komplexer werdenden Fall mehr und mehr ein.
Ein rasanter, harter, mitunter dunkler und leider immer aktuell bleibender Krimi.

„Andreas Heßelmann entspinnt geschickt eine Geschichte auf Mallorca, in der es nicht allein um das Katz-und-Maus-Spiel einer Mördersuche geht." (Peter Bausch, Feuilleton, Sindelfinger Zeitung)

Keine Zeugen, Der 2. Mallorca-Krimi / Januar 2018 / 978-3-7407-4341-3 / Verlag Twentysix / 14,- €

„Auch in ‚Keine Zeugen' geht es Heßelmann um mehr als die Suche nach dem Mörder. Er schaut hinter die Bühne des Postkarten-Mallorcas. Das schafft er nicht nur durch einen gelungenen Plot, sondern vor allem durch glaubwürdige Figuren. Allen voran der liebenswerte, keineswegs perfekte, aber stets Gerechtigkeit suchende Inspector Sanchez Olivero. Eine Ermittlerfigur, mit der man als Leser gerne seine Abende verbringt, mit der man mitleidet, mitfiebert und mitliebt." (Tim Schweiker, Journalist)

Keine Freunde, Der 3. Mallorca-Krimi / Juli 2020 / 978-3-7407-6812-6 / Verlag Twentysix / 12,- €

Der Fall Más Mallorca schien abgeschlossen, doch dann findet man im Museum für zeitgenössische Kunst Es Baluard in Palma kurz vor der abendlichen Schließung eine Leiche. Wie eingeschlafen wirkend und allein vor einem Bild sitzend. Die Akte Más Mallorca muss wieder geöffnet werden, dabei kommen pikante Details ans Tageslicht. Doch nicht nur dieser Fall mit neuen Verwicklungen belastet Inspector Sanchez Olivero. Auch in seiner Beziehung mit Inés läuft nicht alles wie geplant.

„Eine Ermittlerfigur, mit der man als Leser gerne seine Abende verbringt, mit der man mitleidet, mitfiebert und mitliebt." (Tim Schweiker, Journalist)

Keine Zukunft, Der 4. Mallorca-Krimi / Okt. 2020 / 978-3-7407-6998-7 / Verlag Twentysix / 12,- €

Ein Zufall führt zur Verhaftung des letzten Verdächtigen aus dem Fall Más Mallorca: in einem Krankenhaus. Er ist an einer gefährlichen Mutation des Noro-Virus erkrankt. Und er ist nicht der Einzige, die Krankheitsfälle häufen sich. Inspector Sanchez Olivero soll der Herkunft des Virus nachgehen und lernt dabei eine attraktive Virologin kennen, die sein Leben, beruflich wie privat, gehörig durcheinanderbringt. Was weiß sie wirklich über diese Mutation? Währenddessen versucht Inés, seine Kollegin und bisherige Freundin, abzuklären, ob ihre neue Liebe funktionieren könnte. Band 4 der erfolgreichen Mallorca-Krimireihe.
Mit viel Lokalkolorit und etwas Herzschmerz.

Keine Angst / Der fünfte Mallorca-Krimi / März 2021 / 978-3-7407-8110-1 / Verlag Twentysix / 12,- €

"Keine Angst" ist die nahtlose Fortsetzung des Vorgängerbands "Keine Zukunft - Der vierte Mallorca-Krimi". Alles scheint durcheinandergeraten zu sein. Das Privatleben von Inspector Sanchez Olivero, sein letzter Fall Más Mallorca und der nur anfänglich einfach erscheinende Fall von Raubüberfällen in Discos. Erst als nach einem Sturm an der nördlichen Steilküste Mallorcas eine Leiche gefunden wird, fügt sich alles langsam zusammen. Am Ende muss Sanchez Olivero erkennen, dass manchmal das Ende eines Falls auch mit dem eigenen Schicksal verknüpft ist. Sein Leben bleibt spannend.

Der Tote unter der Explanada / Ein Alicante-Krimi / Neuaufl. 2018 / 978-3-7407-1125-2 / Twentysix / 11,99 €

Nur noch wenige Tage bis zur Johannisnacht, den Hogueras de San Juan, eines der größten und buntesten Feste in Spanien. Doch eine grausamer Fund unter den Steinen der Flaniermeile Explanada de España in Alicante bedroht die Durchführung des Festes.
Inspector Xarneracomte, manchmal etwas langsam, bisweilen ungelenk und viel zu lang schon allein, stößt bei seinen Ermittlungen zusammen mit seinem besten Freund und Kollegen und mit viel Intuition auf merkwürdige und ungewöhnliche Spuren.
Ein aufwühlender und aktueller Krimi vor dem Hintergrund der Flüchtlingskrise in Spanien.

„Kennen Sie einen Afrikaner, der freiwillig nach Europa kommen würde? Das ist kein Wunschtraum, sondern nur der letzte Ausweg."

Der Tote auf Tabarca / Der 2. Alicante-Krimi / Juni 2018
978-3-7407—5050-3 / Verlag Twentysix / 13,- €

Spanien ist einfach zu nah, als dass die Menschen des afrikanischen Kontinents nicht den riskanten Weg über das Mittelmeer in die vermeintlich bessere Welt wählen würden. Doch sind sie angekommen, sind die Verlockungen in dieser Welt genauso groß. Inspector Xarneracomte und sein Freund Primo müssen im neuen Fall einen weiteren Mord aufklären, der wohl mit dieser Sehnsucht nach Freiheit in Verbindung steht.

Wären die beiden weniger mit ihren Angehimmelten, Mónica und Cristina, beschäftigt, würden sie sich sicher besser auf die Antwort darauf konzentrieren können.

Auch „Der Tote auf Tabarca" spielt vor dem hochaktuellen Hintergrund der Flüchtlingskrise in Spanien.

Schlammschlacht / Ein Padua-Krimi / Oktober 2017
978-3-7407-3027-7 / Verlag Twentysix / 12,50 €

Abano Terme bei Padua. Ausgerechnet in diesem weltbekannten Kurort wird in einem Hotel Monsignore Tossatello mit einem Eimer Fango umgebracht. Commissario Berlingui hat es nicht nur mit einer ungewöhnlichen Methode von Mord zu tun, sondern auch der Ermordete ist als kirchlicher Würdenträger des Vatikans nicht gerade alltäglich. Aber es bleibt nicht bei dieser Leiche, und Berlingui findet sich in einem zunächst unübersichtlichen und viele Jahre zurückreichenden Fall wieder, dessen Ende überrascht.

„Einmal mehr hat Andreas Heßelmann einen Kriminalroman verfasst, der den Leser nicht mehr loslässt. Atmosphärisch dicht, voller historischer und politischer Bezüge und vor allem: spannend bis zum tatsächlich überraschenden Ende." (Tim Schweiker, Sindelfinger Zeitung)

Zementschlacht / Der zweite Padua-Krimi / Aug. 2019
978-3-7407-1495-2 / Verlag Twentysix / 12,- €

Acht tote Schwarzafrikaner.
Mitten auf dem Prato della Valle in Padua.
Zwei Bauunternehmer, die sich seit ihrer Kindheit im Krieg kennen.
Spuren, die unglaublich erscheinen und Commissario Berlingui ein Rätsel sind, bis ihn die Ehefrau eines der Bauunternehmer zu einem Gespräch einlädt.
Berlinguis härtester Fall birgt nicht nur unvermutete Schicksale der Beteiligten, sondern beeinflusst auch sein eigenes Leben.
Ein ungewöhnlicher Krimi mit historischen Bezügen, die bis in die Zeit des faschistischen Italiens zurückreichen.

Der letzte Mörder / Der dritte Padua-Krimi / Jan. 2020
978-3-7407-1495-2 / Verlag Twentysix / 12,- €

Kaum aus seinem Urlaub auf Mallorca zurückgekehrt, wird Commissario Berlingui eine neue Kollegin vorgestellt, Sottotenente Loretta Dugiorni, Absolventin der Accademia Militare di Modena. Eine junge, strebsame und auffallende Persönlichkeit. Sie ist in seinem Fall „Zementschlacht", der ihm fast das Leben gekostet hatte, einigen merkwürdigen Dingen nachgegangen und hat nochmals nachgeforscht. Ihr überraschendes Ergebnis präsentiert sie zusammen mit Ispettore Collasso in ungewöhnlicher Umgebung:

„Der letzte Mörder" – Commissario Berlingui zwischen Erstaunen und Bewunderung.

Kommt davon / Eine ganz andere Geschichte / 2018
978-3-7407-4828-9 / Verlag Twentysix / 10,99 €

„Kommt davon" ist eine (ganz andere) Geschichte rund um die Liebe.
Offen, ehrlich, sensibel, erotisch, pikant und nachdenklich. Mitunter eine Reise durch vergangene Jahrzehnte und ein „Versuch" der männlichen Hauptperson mit Kinofilmen etwas über die Liebe zu erfahren, damit er endlich seine Angebetete erobern kann.
Und dies verführerisch unbedarft und oft vollkommen überfordert.
Aber auch unschuldig, manchmal naiv ... und vor allem zärtlich und schüchtern.

Losglück / Eine deutsch-türkische Liebesgeschichte /
2020 / 978-3-7407-6240-7 / Verlag Twentysix / 8,- €

„Liebe ist zweifellos der direkteste Zugang zum Leben. Aber wenn man keine zwanzig mehr ist, verlässt einen die Unbändigkeit des Lebens und man springt keine drei Stufen auf einmal hinunter. Dabei war ich mir sicher, nicht zu stürzen."

Ausgerechnet als er in seinem Leben ein wenig aufräumen möchte, lernt er an der türkischen Schwarzmeerküste eine junge Frau kennen, die es wert wäre, diese Stufen hinunterzuspringen.

Eine ungewöhnliche Liebesgeschichte. Erst in der Türkei spielend, dann in Deutschland.